UMA CASA NA FLORESTA

Laura Ingalls Wilder

Tradução
Lígia Azevedo

Principis

Publicado em acordo com a Harper Collins Children's Books,
uma divisão da Harper Collins Publishers.

© 2022 desta edição:
Ciranda Cultural Editora e Distribuidora Ltda.
Esta é uma publicação Principis, selo exclusivo da Ciranda Cultural

Título original *Little House in the Big Woods*	Produção editorial Ciranda Cultural
Texto © Laura Ingalls Wilder	Diagramação Linea Editora
Editora Michele de Souza Barbosa	Ilustração Fendy Silva
Tradução Lígia Azevedo	Imagens graphixmania/Shutterstock.com
Revisão Fernanda R. Braga Simon	

Dados Internacionais de Catalogação na Publicação (CIP) de acordo com ISBD

W673u   Wilder, Laura Ingalls.

Uma casa na floresta / Laura Ingalls Wilder; traduzido por: Lígia Azevedo. - Jandira, SP : Principis, 2022.
128 p. ; 15,50cm x 22,60cm. (Os pioneiros americanos; v. 1).

Título original: Little house in the Big Woods
ISBN: 978-65-5552-687-5

1. Literatura infantil. 2. Família. 3. Convivência. 4. Histórias. 5. Floresta. I. Azevedo, Lígia. II. Título.

2022-0282

CDD 028.5
CDU 82-93

Elaborado por Lucio Feitosa - CRB-8/8803

Índice para catálogo sistemático:
1. Literatura infantil 028.5
2. Literatura infantil 82-93

1ª edição em 2022
www.cirandacultural.com.br
Todos os direitos reservados.
Nenhuma parte desta publicação pode ser reproduzida, arquivada em sistema de busca ou transmitida por qualquer meio, seja ele eletrônico, fotocópia, gravação ou outros, sem prévia autorização do detentor dos direitos, e não pode circular encadernada ou encapada de maneira distinta daquela em que foi publicada, ou sem que as mesmas condições sejam impostas aos compradores subsequentes.

Sumário

Nota da tradução 5

Uma casa na floresta 7

Dias de inverno e noites de inverno 18

A espingarda 28

Natal 35

Domingos 47

Dois ursos enormes 56

Neve de açúcar 65

O baile no vovô 71

A cidade 83

Verão 94

Colheita 105

A máquina maravilhosa 112

O veado na floresta 121

Sobre a autora 126

Nota da tradução

Laura Ingalls Wilder publicou seu primeiro livro, *Uma casa na floresta*, em 1932. Nele, narra suas memórias da época em que viveu com a família na Grande Floresta de Wisconsin, Estados Unidos, no começo dos anos 1870.

Tendo-se passado cento e cinquenta anos desde então, é normal que os jovens leitores de hoje estranhem alguns pontos na narrativa. Por exemplo, que as crianças estivessem sujeitas a levar surras por "mau comportamento". Ou que as famílias matassem, tirassem o couro e destrinchassem animais para consumo próprio.

Dois trechos do livro, no entanto, devem ser comentados separadamente. Neles, um personagem, Pa, refere-se de maneira racista a pessoas não brancas. Primeiro, ele conta que sonhou que "perseguia" e "lutava contra" indígenas, que são chamados por Pa de "selvagens". Depois, canta uma música sobre "tio Ned", um "velho preto" que "foi para onde bons pretos vão".

Uma casa na floresta se passa no período de expansão da população branca do Leste para o Oeste dos Estados Unidos. Essa expansão teve efeitos terríveis sobre a população nativa, que acabou drasticamente reduzida, além de despojada de suas terras e de seus direitos. No que se refere à população negra, a escravidão foi oficialmente abolida por uma emenda à constituição em 1865, apenas dois anos antes que Laura Ingalls Wilder nascesse. E essa abolição de maneira nenhuma representou igualdade de liberdade, direitos ou oportunidades em relação aos brancos, ou acabou com o preconceito existente.

Nunca é demais lembrar que, até hoje, indígenas e negros continuam lutando por essa igualdade de status com a população branca, não só nos Estados Unidos, como também no Brasil.

Uma casa na floresta

Era uma vez, sessenta anos atrás, uma menininha que morava na Grande Floresta de Wisconsin, em uma casinha cinza feita de toras.

As árvores grandes e sombrias da Grande Floresta cercavam toda a casa. Depois delas, havia mais árvores, e depois delas, mais árvores ainda. Se alguém caminhasse para o norte por um dia, uma semana ou até mesmo um mês, só encontraria árvores. Nada de casas. Nada de estradas. Nada de gente. Só árvores e os animais selvagens que moravam entre elas.

Havia lobos na Grande Floresta, e ursos, e gatos-do-mato enormes. Perto dos córregos viviam ratos-almiscarados, martas e lontras. Raposas faziam suas tocas nas colinas, e veados vagavam por toda parte.

A leste e a oeste da casinha de toras havia quilômetros e quilômetros de árvores, além de algumas poucas casinhas de toras, bem distanciadas, nos limites da Grande Floresta.

Até onde a vista da menininha alcançava, havia apenas a casinha em que morava com o pai e a mãe e as irmãs Mary e Carrie, que ainda era bebê. Diante da casa, passava uma trilha de carroças sinuosa, que fazia uma curva e se perdia na floresta, onde os animais selvagens viviam. A menininha não sabia aonde ia dar ou o que havia ao fim dela.

O nome da menininha era Laura, e ela chamava o pai de Pa e a mãe de Ma. Naquela época, naquele lugar, os filhos não diziam "papai" e "mamãe", ou "mãe" e "pai", como dizem agora.

À noite, deitada na cama baixa, mas acordada, Laura ficava de ouvidos atentos, mas não conseguia escutar nada além do som das árvores sussurrando. Às vezes, no meio da noite, um lobo uivava. Depois uivava de novo, mais perto.

Era um som assustador. Laura sabia que lobos comiam menininhas. Mas estava sob a proteção das paredes sólidas de madeira. A arma de Pa ficava pendurada acima da porta, e o bom e velho Jack, um buldogue malhado, mantinha-se de guarda ali. Pa sempre dizia:

– Durma, Laura. Jack não vai deixar os lobos entrar.

Ao lado de Mary, ela se aconchegava sob as cobertas e pegava no sono.

Uma noite, Pa a pegou da cama e a carregou até a janela, para que ela visse os lobos. Havia dois deles, sentados diante da casa. Pareciam cachorros malcuidados. Com o nariz apontado para a lua grande e brilhante no céu, uivaram.

Jack ia de um lado para o outro, rosnando à porta. Os pelos de suas costas estavam eriçados, e ele escancarava os dentes afiados e ameaçadores para os lobos. Podiam uivar, mas não podiam entrar.

A casinha era confortável. Na parte de cima, havia um sótão grande, onde era gostoso brincar quando a chuva tamborilava no telhado. Na parte de baixo, havia um quarto pequeno e uma sala grande. O quarto tinha uma janela com uma veneziana de madeira. A sala tinha duas janelas com vidraças grandes e duas portas, uma na frente e outra atrás.

Em toda a volta da construção, havia uma cerca, para manter ursos e veados a distância.

No quintal diante da casa, havia dois lindos carvalhos, bem grandes. Toda manhã, assim que acordava, Laura corria para olhar pela janela. Uma manhã, ela viu um veado morto pendurado em um galho de cada um dos carvalhos.

Pa tinha atirado nos animais no dia anterior. Laura estava dormindo quando ele chegou em casa e os pendurou nas árvores, para que os lobos não pudessem pegá-los.

Naquele dia, Pa, Ma, Laura e Mary jantaram carne de caça fresca. Estava tão gostoso que Laura bem que queria comer mais. Só que a maior parte da carne foi salgada, defumada e guardada para ser consumida no inverno.

Isso porque o inverno estava chegando. Os dias estavam mais curtos e, à noite, uma camada de gelo se formava do lado de fora das vidraças das janelas. Logo a neve viria. Então a casinha ficaria quase enterrada nela, e o lago e os riachos congelariam. No frio intenso, não era garantido que Pa encontrasse animais que pudesse caçar para a família comer.

Os ursos ficariam escondidos em suas tocas, onde dormiriam profundamente por todo o inverno. Os esquilos ficariam encolhidos em seus ninhos no oco das árvores, com seus rabos peludos enrolados em volta do corpo. Os veados e os coelhos ficariam mais retraídos e atentos. Mesmo que Pa conseguisse caçar um veado, o animal estaria magro e fraco, e não gordo e cheio de carne, como no outono.

Pa poderia passar o dia todo caçando sozinho no frio intenso, com a Grande Floresta coberta pela neve, e voltar para casa à noite sem nada que Ma, Mary e Laura pudessem comer.

Assim, o máximo de comida possível era estocado na casinha antes que o inverno chegasse.

Com cuidado, Pa tirou a pele dos veados, depois a salgou e estendeu, porque pretendia fazer um couro macio com ela. Então cortou a carne, colocando as peças sobre uma tábua e salgando.

Havia no quintal um pedaço comprido do tronco de uma árvore oca, cujo interior Pa tinha coberto de pregos até onde alcançava, de uma ponta e de outra. Depois ele pusera o tronco de pé, cobrira o topo e abrira um buraco na parte de baixo. Dobradiças de couro foram colocadas na peça cortada, que depois ele devolvera ao lugar, fazendo uma portinha.

Alguns dias depois que a carne fora salgada, Laura viu a Pa fazer um buraco na extremidade de cada peça e passar um barbante ali. Em seguida, ele foi pendurar as peças de carne nos pregos dentro do tronco oco.

Pela portinha, Pa pendurou as peças até onde alcançava. Depois, apoiou uma escada no tronco, subiu até o topo, entreabriu o telhado e se esticou para pendurar mais carne nos pregos superiores.

Pa voltou a fechar o telhado, desceu a escada e disse a Laura:

– Corra até o cepo e me traga algumas lascas de nogueira. As mais recentes e claras.

Laura correu até o cepo onde Pa cortava a lenha e encheu o avental com as lascas aromáticas.

Pa armou uma fogueira dentro da portinha do tronco oco, com pedacinhos de casca de árvore e musgo, depois acrescentou as lascas, com muito cuidado.

Em vez de queimar depressa, as lascas entraram em combustão lenta, enchendo o tronco oco com uma fumaça densa. Um pouco de fumaça começou a sair pelas frestas no entorno da portinha e pelo telhado depois que Pa a fechou, mas a maior parte ficou fechada lá dentro, com a carne.

– Não há nada melhor que defumar com lascas de nogueira – ele disse. – Assim a carne vai suportar bem qualquer clima.

Em seguida, Pa pegou a arma, apoiou o machado no ombro e foi para a clareira, para cortar algumas árvores.

Por dias, Laura e Ma ficaram atentas ao fogo. Quando parava de sair fumaça pelas frestas, a menina recolhia mais lascas de nogueira e levava para a mãe, que as acrescentava à fogueira sob a carne. O tempo todo, o cheiro de fumaça era perceptível no quintal. Quando a portinha era aberta, saía um aroma denso de carne defumada.

Finalmente, Pa decidiu que a carne já estava bem defumada. Eles deixaram que o fogo apagasse, e Pa tirou todas as tiras e peças de carne da árvore oca. Ma embrulhou cada uma com cuidado em papel e pendurou no sótão, onde ficaram secas e a salvo.

Uma manhã, Pa saiu antes de o sol nascer, com os cavalos e a carroça. Só voltou à noite, carregado de peixes. A caixa grande que ficava na parte de trás do veículo estava cheia, e alguns peixes eram do tamanho de Laura. Pa tinha ido ao lago Pepin e pescado com uma rede.

Ma cortou o peixe branco em postas para Laura e Mary, sem deixar nenhum osso ou espinha. Elas se refestelaram com a carne fresca e de qualidade, que se desfazia em lascas. Tudo o que não comeram fresco foi salgado e armazenado em barris para o inverno.

Pa tinha um porco, que corria solto pela Grande Floresta e sobrevivia à base de bolotas, nozes e raízes. Ele o pegou e o fechou em um cercado feito de toras, para engordar. Pretendia destrinchá-lo assim que estivesse frio o bastante para congelar a carne.

Uma vez, Laura despertou no meio da noite, com os guinchos do porco. Pa pulou da cama, pegou a arma da parede e correu lá para fora. Então ela ouviu um tiro, seguido de outro.

Quando voltou, Pa contou o que tinha acontecido. Tinha visto um urso preto bem grande perto do porco. O urso tentava pegá-lo dentro do cercado, fazendo o porco correr e guinchar. Pa vira isso à luz das estrelas e atirara na hora. Mas, com a iluminação fraca, havia errado. O urso fugira para a floresta, intacto.

Laura achou uma pena que Pa tivesse errado. Ela gostava muito de carne de urso. Pa também estava chateado, mas disse:

– Pelo menos garantimos o bacon.

Durante todo o verão, a horta atrás da casinha crescera. Ficava tão perto da construção que os veados não ousavam pular a cerca e comer os vegetais durante o dia, e à noite Jack os mantinha a distância. Às vezes, pela manhã, a família via pegadas de cascos entre as cenouras e os repolhos. Mas também via as pegadas de Jack, que garantia que os veados fugissem rapidinho.

As batatas, cenouras e beterrabas e os nabos e repolhos foram colhidos e armazenados no porão, para as noites congelantes que viriam.

As cebolas foram trançadas em longas cordas, ponta a ponta, depois penduradas no sótão, ao lado das coras de pimentas vermelhas, amarradas por um fio. As abóboras, laranja, amarelas e verdes, foram empilhadas nos cantos do sótão.

Os barris de peixe salgado ficavam na despensa, assim como os queijos amarelos, dispostos em prateleiras.

Um dia, tio Henry chegou a cavalo pela Grande Floresta. Tinha vindo ajudar Pa com o abate. A faca de Ma já estava afiada, e tio Henry havia trazido a de tia Polly.

Pa e tio Henry fizeram uma fogueira perto do chiqueiro e colocaram uma chaleira grande nela. Quando a água começou a ferver, foram matar o porco. Laura correu para a cama e tapou os ouvidos com os dedos, de modo a não ouvir o animal guinchar.

– Não vamos machucar, Laura – Pa tinha dito. – Vamos ser rápidos.

Mas Laura não queria saber.

Ela tirou um dedo de um ouvido por um momento, para escutar. O porco tinha parado de guinchar. Depois daquilo, o processo era bastante divertido.

O dia do abate era sempre corrido. Havia muito a ver e fazer. Tio Henry e Pa ficavam alegres, e a família comia costelinhas no jantar. Pa prometera a Laura e Mary a bexiga e o rabo do porco.

Assim que o animal foi abatido, Pa e tio Henry o afundaram e içaram na água fervente algumas vezes, até que estivesse bem escaldado. Depois, colocaram-no sobre uma tábua e usaram as facas para esfolá-lo, tirando o couro. Em seguida, penduraram-no em uma árvore, estriparam-no e o deixaram ali, para esfriar.

Depois de esfriar, eles baixaram o animal e o destrincharam. Separaram o lombo, a paleta, o pernil, a barriga e as costelas. Também o coração, o fígado e a língua, e a cabeça, para fazer patê, e pedaços menores para transformar em linguiça.

Cada pedaço de carne era disposto sobre uma tábua no galpão dos fundos e polvilhado com sal. O lombo e a paleta foram colocados na salmoura, para depois ser defumados no tronco oco, como a carne de veado.

– Nada é mais gostoso que presunto curado com lascas de nogueira – Pa disse.

Ele estava enchendo a bexiga. Ao terminar, amarrou a ponta com um barbante e entregou a Mary e Laura, para que brincassem com ela. As duas podiam jogá-la no ar, empurrar de uma para a outra, usando as mãos. Caso caísse no chão, podiam chutá-la. Mais divertido que a bexiga era o rabo do porco.

Pa tirou a pele com todo o cuidado e prendeu a extremidade mais grossa a um espeto de madeira. Ma abriu o forno e reuniu as brasas. Laura e Mary se revezaram segurando o rabo do porco sobre elas.

Ele chiava enquanto fritava. De vez em quando gotas de gordura pingavam e atiçavam as brasas. Ma polvilhou com sal. As mãos e o rosto das meninas ficavam bem quentes, e Laura chegou a queimar o dedo, mas estava tão animada que nem se importou. Assar o rabo do porco era tão divertido que ficava difícil as duas serem justas na hora de se revezar.

Finalmente, ficou pronto. Dourado por inteiro, e com um aroma delicioso! Elas o levaram para esfriar no quintal, mas provaram quando ainda estava quente e queimaram a língua.

As meninas comeram toda a carne, depois jogaram o osso para Jack. Era o fim do rabo de porco. Não haveria outro até o ano seguinte.

Tio Henry foi para casa depois de comer, e Pa foi para a Grande Floresta, para fazer suas coisas. No entanto, para Laura, Mary e Ma, o trabalho tinha apenas começado. Ma tinha muito a fazer, e Laura e Mary a ajudaram.

O dia todo, e o dia seguinte, Ma derreteu a banha em panelões de ferro no fogão. Laura e Mary traziam lenha e ficavam de olho no fogo. Tinha de ficar quente, só que não quente demais, ou a banha queimaria. Os panelões chegavam a ferver, mas não podiam soltar fumaça. De tempos em tempos, Ma tirava pedacinhos de pele torrada do topo. Então os colocava em um pano e espremia toda a gordura que continham. Depois usava o torresmo para dar mais sabor ao pão de milho.

O torresmo era uma delícia, mas Laura e Mary só podiam provar. Eram gordurosos demais para crianças, Ma dizia.

Ma limpou o interior da cabeça do porco com cuidado, depois a ferveu até que toda a carne se desprendesse dos ossos. Ela picou bem a carne, passou para um tigela de madeira e temperou com sal, pimenta e condimentos. Então misturou com o caldo da panela e deixou esfriar. Quando estava sólido, cortou em fatias, e o patê ficou pronto.

Os pedacinhos de carne, magra ou gorda, que haviam sobrado das peças maiores foram picados bem miúdo. Ma temperou com sal, pimenta e sálvia seca da horta. Depois, misturou bem e moldou em bolinhas. Ela deixou as bolinhas em uma panela no galpão dos fundos, onde congelariam e poderiam ser comidas durante o inverno. Aquela era a linguiça.

Quando terminaram o trabalho, tinham linguiça, patê, jarros de gordura e um barril de carne salgada no galpão, além do presunto e da paleta defumados, pendurados no sótão.

Assim, a casinha estava abarrotada de boa comida para o longo inverno. A despensa, o galpão, o porão e o sótão estavam todos cheios.

Laura e Mary agora tinham de brincar dentro de casa, porque fazia frio lá fora, onde as folhas já estavam marrons e caíam das árvores. O fogão precisava ficar sempre aceso. À noite, Pa o enchia de cinzas, para manter as brasas vivas até a manhã.

O sótão era um ótimo lugar onde brincar. As abóboras grandes, redondas e coloridas serviam muito bem de cadeira e mesa. As pimentas e as cebolas pendiam sobre as cabeças. O presunto e a carne de veado também, embrulhados em papel. Maços de ervas secas, alguns dos quais serviam para cozinhar enquanto outros tinham fins medicinais, davam ao lugar um cheirinho especial.

Às vezes o vento uivava do lado de fora, frio e solitário. Mas, no sótão, tudo parecia aconchegante, enquanto Laura e Mary brincavam de casinha com as abóboras.

Mary era mais alta que Laura e tinha uma boneca de pano chamada Nettie. Laura tinha uma espiga de milho envolta em um tecido, o que dava uma boa boneca. Seu nome era Susan. Não era culpa de Susan não passar de uma espiga de milho. Às vezes, Mary deixava Laura segurar Nettie, mas só quando Susan não podia ver.

A melhor hora era a noite. Depois de comer, Pa trazia as armadilhas do galpão para engraxar à luz do fogo. Ele esfregava bem, passando graxa nas dobradiças e nas molas, com uma pena mergulhada em banha de urso.

Eles tinham armadilhas pequenas, de médio porte e grandes, para ursos, cheias de dentes, que Pa dizia que poderiam quebrar a perna de um homem caso se fechassem sobre ela.

Enquanto ele engraxava, contava a Laura e Mary piadas e histórias, depois tocava a rabeca.

As portas e as janelas ficavam bem fechadas, e eles colocavam panos nas frestas para não deixar o frio entrar. Susan Preta, a gata, ia e vinha quando queria, de dia e à noite, através da entrada vaivém na parte de baixo da porta da frente. Ela sempre passava muito rápido, para que a portinhola não pegasse seu rabo quando se fechasse atrás dela.

Uma noite, quando estava engraxando as armadilhas, Pa viu Susan Preta entrar e disse:

– Era uma vez um homem que tinha dois gatos, um grande e outro pequeno.

Laura e Mary correram até ele e se sentaram em suas pernas para ouvir o restante da história.

– Ele tinha dois gatos – Pa repetiu –, um grande e outro pequeno. Então fez uma portinhola grande, para o gato grande. Depois fez uma portinhola pequena, para o gato pequeno.

Pa fez uma pausa.

– Mas por que o gato pequeno não... – Mary começou a perguntar.

– Porque o gato grande não deixava – Laura respondeu.

– Laura, isso foi muito grosseiro. Nunca interrompa os outros – disse Pa. – Mas vejo que vocês duas são mais inteligentes que o homem da história, que abriu duas passagens para gatos na própria porta.

Pa guardou as armadilhas, tirou a rabeca da caixa e começou a tocar. Era o melhor momento do dia.

Dias de inverno e noites de inverno

A neve começou a cair, e com ela veio o frio intenso. Toda manhã, Pa pegava a arma e suas armadilhas, então passava o dia na Grande Floresta, armando as menores para pegar ratos-almiscarados e martas perto dos córregos e as médias para pegar lobos na mata fechada. As grandes, ele armava torcendo para pegar um urso gordo, antes que todos se retirassem para suas tocas, para hibernar.

Uma manhã, ele voltou, pegou os cavalos e o trenó e voltou a sair depressa. Pegara um urso. Laura e Mary deram pulos no lugar e bateram palmas de tanta alegria. Mary gritou:

– Quero a coxa! Quero a coxa!

Mary não tinha ideia de qual era o tamanho de uma coxa de urso.

Quando Pa voltou, trazia um urso e um porco. Ele estava andando pela floresta, com uma armadilha grande nas mãos e a arma nas costas, quando deparou com um pinheiro grande, coberto de neve, atrás do qual havia um urso.

O urso tinha acabado de matar um porco e o estava pegando para comer. Pa disse que o viu apoiado nas patas de trás, segurando o porco nas patas da frente, como se fossem mãos.

Pa atirara no urso. Ele não tinha como saber de onde o porco vinha, ou de quem era.

– Por isso trouxe o bacon para casa – ele disse.

Assim, eles teriam carne fresca por muito tempo. Os dias e as noites eram tão frios que a carne de porco, guardada em uma caixa, e a de urso, pendurada no pequeno galpão nos fundos, congelaram por completo e assim ficaram.

Quando Ma queria carne fresca para o jantar, Pa pegava o machado e cortava um pedaço de urso ou porco congelado. As linguiças, o porco salgado, o presunto e o veado defumado, Ma podia pegar ela mesma, no galpão ou no sótão.

A neve continuou caindo, até se acumular e cobrir a casa. Pela manhã, as vidraças estavam sempre cobertas de gelo, formando lindas imagens de árvores, flores e fadas.

Ma dizia que era o Pai Inverno que vinha no meio da noite e fazia os desenhos de gelo, enquanto todos dormiam. Laura pensava nele como um homenzinho bem branco, usando um chapéu branco, pontudo e cintilante, botas brancas macias até os joelhos, feitas de couro de veado, casaco branco e luvas brancas e que, em vez de uma arma nas costas, carregava ferramentas afiadas nas mãos, com as quais esculpia os desenhos no gelo.

Laura e Mary podiam pegar o dedal emprestado de Ma para fazer padrões circulares no gelo acumulado no vidro. Mas elas nunca estragavam os desenhos que o Pai Inverno tinha feito à noite.

Quando aproximavam a boca da vidraça e sopravam, o gelo branco derretia, de modo que gotas desciam rolando. Lá fora, as meninas viam os montes de neve acumulada e as árvores nuas e escuras, que projetavam sombras azuladas sobre a neve branca no chão.

Laura e Mary ajudavam Ma com o trabalho. Sempre havia louça a secar. Mary limpava mais, porque era maior, mas Laura limpava sua xícara e seu prato com todo o cuidado.

Quando a louça estava toda seca e guardada, a cama era arrumada. Elas se punham cada uma de um lado e esticavam os lençóis, prendendo bem na parte inferior e nas laterais, afofavam os travesseiros e os colocavam no lugar. Então Ma empurrava a cama delas para baixo da cama alta, onde era seu lugar.

Em seguida, a jornada de trabalho de Ma começava. Cada dia era dia de fazer uma coisa. Ela costumava dizer:

> *Segunda é dia de lar.*
> *Terça é dia de passar.*
> *Quarta é dia de costurar.*
> *Quinta é dia de fazer manteiga.*
> *Sexta é dia de limpar.*
> *Sábado é dia de cozinhar.*
> *E domingo é dia de descansar.*

Os dias preferidos de Laura eram o de fazer manteiga e o de cozinhar.

No inverno, a nata batida não ficava tão amarela quanto no verão, de modo que a manteiga ficava mais esbranquiçada e não tão bonita. Ma gostava que tudo que fosse para a mesa estivesse bonito, de modo que coloria a manteiga no inferno.

Depois de colocar a nata na batedeira alta e deixá-la próxima do fogão, para aquecer, ela lavava e raspava uma cenoura grande, depois ralava no fundo da velha panela em que Pa havia feito furos com um prego. Ma esfregava a cenoura contra os buraquinhos ásperos até que toda ela passasse para o outro lado. Quando erguia a panela, tinha se juntado embaixo um montinho suculento de cenoura ralada.

Ma punha a cenoura em uma panelinha com leite e levava ao fogo até esquentar, depois passava tudo por um saco de pano, espremendo o leite amarelo forte na batedeira, para que colorisse a nata. Assim, a manteiga ficaria amarela.

Laura e Mary podiam comer a cenoura ralada depois que todo o leite tivesse sido espremido. Mary achava que devia ficar com a maior porção, porque era maior, enquanto Laura dizia que a maior porção devia ficar com ela, justamente porque era menor. Ma sempre as fazia dividir igualmente. Era muito gostoso.

Quando a nata estava pronta, Ma enchia a batedeira alta de madeira e a tampava. A tampa tinha um orifício no meio, pelo qual Ma subia e descia um batedor, repetidamente.

Ela fazia aquilo por um longo tempo. Às vezes, Mary batia um pouco enquanto Ma descansava, mas o batedor era pesado demais para Laura.

A princípio, a nata batida parecia grossa e lisa através do orifício. Depois de bastante tempo, começava a ficar grumosa. Então Ma passava a mexer mais devagar, e o batedor começava a sair com pequenos grumos de manteiga amarelada.

Quando Ma tirava a tampa da batedeira, havia uma bola de manteiga dourada no meio, envolta em leitelho. Ela tirava a manteiga com uma espátula de madeira e transferia para uma tigela de madeira, então a lavava várias vezes em água fria, sempre virando e mexendo com a espátula, até que a água saísse limpa. Em seguida, salgava a manteiga.

Então vinha a melhor parte do dia, quando Ma moldava a manteiga. No fundo do molde tinha o desenho de um morango com duas folhinhas.

Com a espátula de madeira, Ma apertava bem a manteiga, até que o molde estivesse cheio. Então ela a virava sobre um prato e empurrava o fundo móvel. O que saía era um tablete firme de manteiga dourada, com o desenho do morango com duas folhinhas em cima.

Laura e Mary ficavam só vendo, sem fôlego, uma de cada lado de Ma, enquanto os tabletinhos dourados com um morango no topo eram virados no prato, saídos do molde. Em seguida, Ma dava a cada uma delas um pouco de leitelho fresco.

Aos sábados, quando Ma fazia pão, cada uma das meninas recebia um tanto de massa para fazer um filãozinho. Às vezes elas também conseguiam massa de biscoito, para fazer bolachinhas, e uma vez Laura chegara a fazer uma torta com sua forminha.

Às vezes, quando o trabalho do dia estava concluído, Ma fazia bonecas de papel para as meninas. Era um papel branco e rígido, que ela cortava em forma de bonecos e em que depois desenha rostinhos com o lápis. Então, Laura e Mary vestiam suas bonecas usando pedacinhos do papel colorido que Ma usava para os moldes de vestidos e chapéus e restos de fita e renda.

Mas o melhor momento do dia era quando Pa chegava.

Ele vinha de sua perambulação pela floresta nevada, com gelo nas pontas do bigode. Então pendurava a arma acima da porta, tirava o chapéu de pele, o casaco e as luvas e dizia:

– Onde está minha canequinha de sidra doce pela metade?

Era de Laura que ele falava, porque ela era pequenininha.

Laura e Mary corriam para ficar no colo de Pa, enquanto ele se aquecia perto do fogo. Depois ele voltava a vestir as luvas, o casaco e o chapéu e saía para fazer suas tarefas, voltando com bastante lenha para o fogo.

Às vezes, quando Pa passava rapidamente pelas armadilhas espalhadas, porque todas se encontravam vazias, ou quando ele conseguia carne mais cedo que de costume, ele voltava antes para casa. Então tinha tempo para brincar com Laura e Mary.

Uma brincadeira que todos adoravam era a do cachorro-louco. Pa passava os dedos pelos cabelos castanhos e grossos, deixando-o todo espetado. Então ficava de quatro, rosnava e perseguia Laura e Mary por toda a sala, tentando encurralá-las de modo que não conseguissem escapar.

Elas eram rápidas, esquivando-se e correndo, mas uma vez ele encurralou as duas contra a caixa de madeira atrás do fogão. Elas não tinham como passar por Pa, e ficaram sem escapatória.

Então ele rosnou tão alto, com o cabelo tão arrepiado e os olhos tão ameaçadores, que a brincadeira pareceu real. Mary ficou com tanto medo que congelou no lugar. Pa se aproximou, e Laura gritou. Com um belo salto, ela passou por cima da caixa, arrastando Mary consigo.

De repente, não havia mais cachorro-louco. Era só Pa, de pé ali, com os olhos azuis brilhando, voltados para Laura.

– Veja só! – ele disse a ela. – Você é apenas uma canequinha de sidra doce pela metade, mas, minha nossa, é tão forte quanto um pônei!

– Você não deveria assustar as meninas assim, Charles – Ma disse. – Veja como os olhos delas estão arregalados.

Pa viu aquilo, depois pegou a rabeca e começou a tocar e cantar.

Vestido com sua calça listrada,
o jovem ianque foi à cidade andando.
Mas ele jurou que não viu nada,
Com todas as casas atrapalhando.

Laura e Mary se esqueceram completamente do cachorro-louco.

As armas lá eram desproporcionais,
quase do tamanho de uma tora.
Eram necessários dois animais
só para apontá-las toda hora.

Sempre que alguém disparava,
fazia o maior barulhão.
A pólvora que se empregava
explodiria toda a nação.

Pa acompanhava o ritmo com o pé. Laura batia as mãos ao som da cantoria dele.

Por isso eu canto ao jovem ianque-que-que,
por isso eu canto ao jovem ianque,
por isso eu canto ao jovem ianque-que-que,
por isso eu canto ao jovem ianque!

Isolada, em meio à vida selvagem da Grande Floresta, à neve e ao frio, a casinha de toras se mantinha quente e aconchegante. Pa,

Ma, Mary, Laura e Carrie, a bebê, levavam uma vida confortável e feliz ali, principalmente à noite.

Enquanto o fogo brilhava na lareira de ferro, com o frio, a escuridão e as feras trancados lá fora, Jack, o buldogue malhado, e Susan Preta, a gata, estiravam-se diante da lareira acesa.

Ma se sentava na cadeira de balanço e ficava costurando à luz da lamparina à mesa, que brilhava forte. Havia sal no fundo da base de vidro, para impedir que o querosene explodisse, e pedacinhos de flanela vermelha que deixavam tudo mais bonito. Bem bonito mesmo.

Laura adorava ficar olhando para a lamparina, cuja chaminé de vidro transparente brilhava, a chama amarela queimando constantemente, e a base onde ficava o querosene colorida de vermelho pelos pedacinhos de flanela. Também adorava ficar olhando para a lareira, onde o fogo bruxuleava e se alterava o tempo todo, queimando em amarelo, vermelho e às vezes verde logo acima da lenha, pairando azul sobre as brasas douradas e rubis.

Então Pa contava histórias.

Quando Laura e Mary imploravam que o fizesse, ele pegava as duas no colo e fazia cócegas em seus rostinhos com o bigodão, até que as duas rissem alto, os olhos azuis de Pa alegres.

Uma noite, ele olhou para Susan Preta, que se esticava diante da lareira, abrindo e fechando as garras, então disse:

– Vocês sabiam que uma pantera é um gato? Um gato grande e selvagem?

– Não – Laura disse.

– Mas é – garantiu Pa. – Imaginem se Susan Preta fosse maior que Jack, mais feroz que ele ao rosnar. Ela seria igual a uma pantera. – Ele ajeitou as duas filhas sobre as pernas e disse: – Vou contar a vocês a história do vovô e da pantera.

– Do seu vovô? – Laura perguntou.

– Não, do avô de vocês. O meu pai.

– Ah – Laura disse, aconchegando-se no braço de Pa. Ela conhecia o avô. Ele morara bem longe, em uma casa grande de toras na Grande Floresta. Pa começou:

A HISTÓRIA DO VOVÔ E DA PANTERA

– Seu avô foi à cidade um dia e se atrasou. Já estava escuro quando ele voltava a cavalo pela Grande Floresta, tão escuro que ele mal via a estrada, e, quando ouviu o grito de uma pantera, ficou morrendo de medo, porque não tinha arma consigo.

– Como uma pantera grita? – Laura perguntou.

– Como uma mulher – Pa disse. – Assim.

Então ele gritou, o que fez Laura e Mary estremecer de medo. Ma se levantou da cadeira de balanço na hora.

– Charles, por favor!

Mas Laura e Mary adoraram o susto. Pa prosseguiu:

O cavalo do vovô correu, porque também estava com medo. Mas não conseguia deixar a pantera para trás. Ela os seguia no escuro. Estava com fome e era tão rápida quanto o cavalo. Ela gritou de novo, primeiro de um lado da estrada, depois do outro, sempre logo atrás deles.

Vovô ficou na beiradinha da sela e incentivou o cavalo a ir mais depressa. O cavalo correu o mais rápido possível, e ainda assim a pantera os seguia de perto.

Então vovô viu a fera de relance, pulando de árvore em árvore, quase acima da cabeça deles.

Era uma pantera preta enorme, que saltava no ar como Susan Preta atacando um rato. Só que era muito, muito maior que Susan Preta. Tão grande que, se pulasse no vovô, talvez o matasse, com suas garras e dentes enormes e afiados.

O cavalo tentava fugir dela, igualzinho a um rato fugindo de um gato.

A pantera parou de gritar. Vovô não viu mais sinal dela. Mas sabia que estava vindo, que pulava atrás dele, na floresta escura. O cavalo continuou correndo com toda a força.

Finalmente, chegaram à casa do vovô. Ele viu a pantera se preparando para saltar. Então pulou do cavalo, abriu a porta, entrou e a bateu com tudo atrás de si. A pantera aterrissou sobre a sela do cavalo, bem onde vovô estivera.

O cavalo relinchou e fugiu. Correu para a Grande Floresta, com a pantera em suas costas, arranhando-o com suas garras. Vovô pegou a arma da parede, foi até a janela e matou a pantera com um único tiro.

Ele disse que nunca mais entrou na Grande Floresta sem sua arma.

Quando Pa finalizou a história, Laura e Mary tremiam, ainda mais aconchegadas nele. Estavam a salvo em seu colo, envolvidas por seus braços fortes.

Gostavam de ficar ali, diante do fogo quentinho, com Susan Preta ronronando perto da lareira e o bom e velho Jack deitado ao lado dela. Quando um lobo uivou, a cabeça de Jack se levantou, e seus pelos das costas se eriçaram. Mas Laura e Mary não tiveram medo do ruído solitário na escuridão e no frio da Grande Floresta.

Estavam confortáveis em casa, em sua casinha feita de toras, envolta em neve, ouvindo os lamentos do vento, que não conseguia entrar.

A espingarda

Toda noite, antes de começar a contar histórias, Pa fazia as balas para caçar no dia seguinte.

Laura e Mary o ajudavam. Elas pegavam a colher grande de haste longa, a caixa de pedacinhos de chumbo e o molde. Depois, elas se postavam uma de cada lado para vê-lo fazer as balas, agachado diante da lareira.

Primeiro, Pa derretia o chumbo sobre as brasas, usando a colher. Em seguida, despejava com cuidado no buraquinho do molde. Depois de um minuto, abria o molde, e dele caía uma bala novinha em folha.

A bala ficava quente demais para que se tocasse nela, mas seu brilho era tão tentador que às vezes Laura ou Mary não conseguiam se segurar e acabavam queimando os dedos. Elas nunca diziam nada, porque as ordens de Pa eram de nunca tocar balas novas. Se queimassem os dedos, seriam as culpadas, porque deveriam ter-se lembrado do alerta dele. Assim, só levavam os dedos à boca para esfriá-los, enquanto Pa fazia mais balas.

Ele só parava quando havia uma pilha brilhante delas, perto da lareira. Então deixava que esfriassem e, com o canivete, acertava o calombinho deixado pelo molde. Pa recolhia essas aparas de chumbo e guardava, para derreter de novo e fazer novas balas.

As balas terminadas eram guardadas no cartucheiro, uma bolsinha que Ma havia feito com o couro de um cervo que Pa havia matado.

Depois de fazer as balas, Pa pegava a arma da parede para limpá-la. Como passava o dia com ele, na floresta nevada, podia ficar úmida. Fora isso, por dentro, o cano estava sempre sujo de pólvora.

Pa tirava a vareta apropriada de seu lugar, sob o cano da arma, e punha um pedaço de pano limpo na ponta. Ele apoiava a coronha da arma em uma assadeira diante da lareira e despejava água fervente no cano. Enfiava a vareta e esfregava, para cima e para baixo, para cima e para baixo. A água escorria preta, por causa dos resquícios de pólvora, pelo buraquinho onde ficava a espoleta quando a arma estava carregada.

Pa ia despejando mais água e limpando o cano por dentro com o tecido na vareta até que saísse limpa. O que significava que a arma estava limpa. A água tinha de ser fervente, para que o aço quente secasse na hora.

Depois, Pa pegava um pano limpo, passava graxa e punha na ponta da vareta, para lubrificar o cano da arma enquanto ainda estava quente, por dentro e por fora, até que estivesse todinho engraxado e lustroso. Então ele esfregava e polia a coronha, até que a madeira brilhasse também.

Agora, era hora de carregar a arma, no que Laura e Mary ajudavam. De pé, com o corpo ereto e segurando a espingarda na vertical pela coronha, Pa disse, com Laura e Mary cada uma de um lado dele:

– Fiquem olhando e me digam se eu cometer algum erro.

Elas observavam muito atentamente, mas ele nunca errava.

Laura lhe entregava um polvorinho cheio, liso e polido. No extremo do chifre, havia uma rolha de metal. Pa enchia a rolha de pólvora e despejava no cano da arma. Então a sacudia de leve, batendo no cano, para garantir que a pólvora se juntasse no fundo.

– Onde está minha caixa de retalhos? – Pa perguntou a elas.

Mary lhe passou uma latinha cheia de pedaços de pano sujos de graxa. Ele colocou um sobre a boca da arma, depois uma das novas balas e, com a vareta, empurrou ambos cano abaixo.

Então os pressionou contra a pólvora. Ao fazer isso, a vareta voltava pelo cano, e ele a enfiava de novo. Pa repetiu o processo por um longo tempo.

Em seguida, guardou a vareta em seu lugar, próximo do cano da arma. Depois tirou uma caixa de espoletas do bolso, levantou o cão da arma e introduziu uma espoletazinha brilhante no pino oco que ficava sob o cão.

Ele desceu o cão, devagar e com cuidado. Se descesse rápido – *bang!* –, a arma ia disparar.

Agora a arma estava carregada, e Pa voltou a pendurá-la acima da porta.

Quando ele estava em casa, a arma sempre ficava nos dois ganchos de madeira à entrada. Pa os tinha feito com sua faca e os havia prendido bem na tora da parede. Os ganchos se curvavam para cima, de modo que a arma ficava em segurança ali.

A arma estava sempre carregada e ficava sempre em cima da porta, para que Pa pudesse pegá-la depressa e sem dificuldade quando necessário.

Quando ele ia para a Grande Floresta, sempre se certificava de que seu cartucheiro estava cheio e de que a latinha de retalhos e a caixa de espoletas estivessem em seus bolsos. Ele carregava o polvorinho e uma machadinha afiada no cinto. A arma estava sempre em suas costas, carregada.

Pa recarregava a arma assim que dava um tiro, segundo ele para não correr o risco de deparar com encrenca com a arma descarregada.

Quando ele atirava em um animal selvagem, precisava parar e recarregar a arma antes de voltar a atirar, o que envolvia medir a pólvora, introduzi-la no cano, sacudir a arma, colocar o retalho e a bala e empurrá-los, depois colocar outra espoleta sob o cão. Por isso, quando atirava em um urso ou em uma pantera, precisava matar de primeira. Um urso ou uma pantera feridos podiam matar um homem antes que ele conseguisse recarregar sua arma.

Laura e Mary nunca ficavam com medo quando Pa ia sozinho para a floresta. Sabiam que ele sempre conseguia matar os ursos e as panteras de primeira.

Depois que as balas eram feitas e a arma era carregada, chegava a hora das histórias.

– Conte aquela da voz na floresta – Laura implorou uma vez.

O pai olhou para ela.

– Ah, não! – ele disse. – Vocês não querem ouvir sobre a época em que eu era um moleque travesso.

– Ah, queremos, sim! Queremos, sim! – Laura e Mary dissera.

Então o pai começou a contar.

A HISTÓRIA DE PA E DA VOZ NA FLORESTA

Quando eu era pequeno, não muito maior que Mary, precisava ir toda tarde atrás do gado na floresta, para trazê-lo de volta. Meu pai me dizia para voltar logo para casa e trazer os animais antes que escurecesse, em vez de ficar brincando, porque havia ursos, lobos e panteras na floresta.

Um dia, saí mais cedo que de costume, por isso pensei que não precisava me apressar. Havia tanta coisa a ver na floresta que nem percebi que estava escurecendo. Havia esquilos-vermelhos nas árvores, tâmias correndo por entre as folhas e coelhinhos brincando juntos nas clareiras. Como vocês sabem, coelhinhos sempre brincam juntos antes de ir para a cama.

Comecei a fingir que eu era um poderoso caçador, que perseguia animais e índios. Fingi que lutava contra os índios, até que a floresta pareceu estar cheia de selvagens. De repente, ouvi os pássaros piando para dar adeus ao dia. O crepúsculo se assentava sobre a estrada, e as trevas, sobre a floresta.

Sabia que tinha de levar o gado depressa para casa, ou ficaria escuro como o breu antes de chegar à segurança do estábulo. Mas não tinha ideia de onde as vacas estavam!

Eu me esforcei para ouvir, mas nem sinal dos sinos delas. Chamei, mas nenhuma veio.

Fiquei com medo do escuro e das feras, mas não ousava ir para casa sem os animais. Por isso, corri pela floresta, procurando por elas, chamando por elas. As sombras ficavam cada vez mais fortes e mais escuras, a floresta pareceu maior, as árvores e os arbustos pareceram mais estranhos.

Não consegui encontrar o gado em lugar nenhum. Subi as colinas, procurando e chamando, desci às ravinas escuras, chamando e procurando. Parei e tentei ouvir os sinos, mas só ouvi o farfalhar das folhas.

Então ouvi uma respiração forte e achei que era uma pantera, atrás de mim, no escuro. Na verdade, era eu mesmo respirando.

Espinhos arranhavam minhas pernas nuas; quando corria em meio aos arbustos, os galhos enganchavam em mim. Mas eu seguia em frente, procurando e chamando:

– Sukey! Sukey!

Senti que, acima da minha cabeça, alguém perguntava:

– Quem?

Meu cabelo ficou todo arrepiado.

– Quem? Quem? – a voz repetiu.

Como corri então!

Eu me esqueci totalmente do gado. Só queria saber de sair da floresta escura e ir para casa.

A coisa nas trevas veio atrás de mim e perguntou de novo:

– Quem?

Corri o máximo que pude. Corri até não conseguir mais respirar, e continuei correndo. Algo agarrou meu pé, e eu caí. Eu me levantei de um pulo e voltei a correr. Nem mesmo um lobo teria me pegado.

Até que saí da floresta escura e dei no estábulo. As vacas estava todas ali, esperando para entrar. Deixei que entrassem e corri para casa.

Meu pai olhou para mim e disse:

– Por que tão tarde, rapaz? Ficou brincando?

Olhei para meus pés e vi que a unha de um dedão tinha caído. Eu ficara com tanto medo que nem sentira a dor até então.

Naquele ponto, Pa sempre interrompia a história e esperava que Laura dissesse:

– Continue, Pa! Por favor!

– Bem – ele continuou –, seu avô saiu no quintal e pegou uma vara. Então voltou e me deu uma bela surra, para que eu aprendesse a ouvi-lo. "Um garoto de nove anos já está velho o bastante para não esquecer", ele falou. "Sempre tenho bons motivos para mandar que você faça alguma coisa. Se me obedecer, nada de ruim acontecerá com você."

– Isso, Pa! – Laura disse, pulando no colo do pai. – E o que vovô disse depois?

– Ele disse: "Se me obedecesse, como deveria, não teria ficado na Grande Floresta depois de escurecer e não teria se deixado assustar com os barulhos de um pássaro!"

Natal

O Natal estava chegando.

A casinha de toras estava quase enterrada na neve. Grandes montes se acumulavam às paredes e às janelas, e, quando Pa abria a porta pela manhã, deparava com uma parede de neve tão alta quanto Laura. Ele pegava a pá e a tirava da frente, abrindo caminho até o celeiro, onde os cavalos e as vacas estavam confortáveis e quentinhos em suas baias.

Os dias eram claros e sem nuvens. Laura e Mary ficavam em cadeiras à janela, olhando para a neve e as árvores cintilantes lá fora. A neve se acumulava nos galhos nus e escuros, brilhando ao sol. Pendentes de gelo se formavam desde os beirais da casa e chegavam à neve acumulada, tão grandes quanto o braço de Laura. Pareciam vidro e também brilhavam.

Quando Pa voltava do celeiro, sua expiração era visível no ar, como fumaça. Ele soltava nuvenzinhas, que deixavam rastros de gelo em seu bigode e em sua barba.

Depois de tirar a neve das botas, Pa entrava e pegava Laura no colo para lhe dar um abraço de urso. Seu casaco estava sempre frio, e o gelo de seu bigode já começava a derreter.

Ele sempre se mantinha ocupado à noite, trabalhando em um pedaço de madeira grande e outros dois menores. Entalhava com a faca, depois lixava e alisava com as mãos. Até que Laura tocou as peças, e elas lhe pareceram suaves e lisas como seda.

Pa continuou trabalhando nelas, agora com o canivete afiado, transformando as pontas da peça maior em picos e torres, entalhando uma estrela grande no ponto mais alto. Ele também fez buraquinhos na madeira. Transformou-os em janelas, estrelas, luas crescentes e círculos. E, em volta, entalhou folhas, flores e pássaros, bem pequenininhos.

Ele deixou um dos pedaços de madeira menores curvado, e nas bordas entalhou folhas, flores e estrelas, além de luas crescentes e arabescos.

Nas bordas do menor dos pedaços, Pa entalhou uma videira florida.

Seus entalhes eram mínimos, e ele trabalhava muito devagar e com todo o cuidado, produzindo o que quer que achasse bonito.

Finalmente, tinha concluído as peças, e uma noite as encaixou. A peça maior se transformou em um fundo todo trabalhado para uma prateleirinha lisa, com uma estrela no topo. A peça curva, também lindamente entalhada, era o apoio da prateleirinha, por cuja borda corria a videira.

Pa havia feito aquilo como presente de Natal para Ma. Ele a pendurou com cuidado na parede, entre as janelas. Ma colocou um bibelô de porcelana na prateleira.

O bibelô de porcelana era de uma moça de porcelana usando um gorro de porcelana. Seus cachos de porcelana estavam pendurados em seu pescoço de porcelana. Seu vestido de porcelana era amarrado na frente, e ela usava um avental rosa-claro de porcelana e sapatinhos dourados de porcelana. Ficava linda ali na prateleira, com as flores, as folhas, os pássaros e as luas entalhados à sua volta, e a estrela em cima.

Ma passava o dia todo ocupada, fazendo delícias para o Natal. Fez pão branco, pão de centeio e biscoitos salgados, além de uma porção enorme de feijão, com porco salgado e melaço. Fez tortas de vinagre e de maçã seca. Encheu um pote de biscoitos e deixou que Laura e Mary lambessem a colher do bolo.

Uma manhã, Ma ferveu melaço com açúcar até formar um xarope grosso, e Pa trouxe duas panelas com neve limpa e branquinha lá de fora. Laura e Mary ficaram cada uma com uma panela, e Pa e Ma mostraram a elas como despejar o xarope escuro em fios sobre a neve.

Elas fizeram círculos, arabescos e rabiscos com o xarope, que endureceu na hora, transformando-se em doce. Pegaram um pedaço cada na hora, mas o resto foi reservado para o Natal.

Se fizeram tudo aquilo, foi porque tia Eliza, tio Peter e os primos Peter, Alice e Ella passariam o Natal com eles.

Eles chegaram na véspera. Laura e Mary ouviram o som alegre dos sinos de um trenó, cada vez mais altos, então o enorme veículo saiu da floresta e parou diante do portão. Trazia tia Eliza, tio Peter e seus filhos, todos bem agasalhados, debaixo de cobertores, mantos e peles de búfalo.

Usavam tantos casacos, cachecóis, véus e xales que mais pareciam montes de tecidos disformes.

Depois que entraram, a casinha ficou lotada e agitada. Susan Preta fugiu para se esconder no celeiro, mas Jack pulava em círculos, latindo como se nunca fosse parar. Agora podia brincar com os primos!

Assim que tia Eliza havia tirado as camadas das crianças, Peter, Alice, Ella, Laura e Mary começaram a correr e a gritar. A tia teve de mandar que sossegassem. Então Alice disse:

– Já sei o que podemos fazer. Vamos desenhar.

Alice disse que era melhor fazer aquilo lá fora. Ma achava que estava frio demais para que Laura brincasse na neve, mas, quando viu a carinha de decepção da filha, disse que ela podia ir também, só um pouquinho. Ma vestiu o casaco e as luvas na menina, além da capa mais quente, com capuz, e um cachecol, então deixou que ela fosse.

Laura se divertiu como nunca. Brincou lá fora a manhã toda, desenhando na neve, com Alice, Ella, Peter e Mary. Eles faziam assim:

Cada um deles subia em um toco de árvore; depois, todos ao mesmo tempo, com os braços bem abertos, se jogavam de cara na neve macia e profunda. Então tentavam se levantar sem estragar a marca que haviam deixado ao cair. Quando faziam direitinho, restavam cinco buracos na neve, a silhueta quase exata de quatro meninas e um menino, com braços, pernas e tudo o mais. Eram esses os seus desenhos.

As crianças brincaram tanto, o dia inteiro, que, quando a noite chegou, estavam agitadas demais para dormir. Mas precisavam dormir, ou Papai Noel não viria. Assim, penduraram suas meias na lareira, rezaram e lá se foram. Alice, Ella, Mary e Laura se deitaram todas juntas, em uma cama grande no chão.

Peter ficou com a cama baixa. Tia Eliza e tio Peter iam dormir na cama de Pa e Ma, que por sua vez ficariam na cama que havia sido colocada no chão do sótão. Tinham as peles de búfalo e os cobertores que tinham usado na viagem, de modo que ninguém passaria frio.

Pa, Ma, tia Eliza e tio Peter ficaram diante da lareira, conversando. Bem quando estava pegando no sono, Laura ouviu tio Peter dizer:

– Eliza escapou por pouco no outro dia, quando eu estava em Lake City. Sabem Príncipe, aquele cachorrão que eu tenho?

Laura despertou na hora. Gostava de ouvir falar de cachorros. Ficou bem quietinha, olhando para as sombras que a lareira lançava sobre as paredes de toras, e ouviu o que tio Peter dizia.

– Bem, logo cedo, Eliza foi à nascente pegar um balde de água, e Príncipe a seguiu. Quando chegou à ribanceira, onde o caminho segue por uma descida, Príncipe fincou os dentes na parte de trás da saia dela e a puxou. Vocês sabem como ele é grande. Eliza o repreendeu, mas Príncipe não a soltou, e ele é tão forte que ela não teve como se soltar. Príncipe insistia em puxar Eliza para trás, até que a saia dela rasgou.

– E era a saia que eu usava de molde – tia Eliza disse para Ma.

– Minha nossa! – Ma reagiu.

– Ele rasgou um pedação da parte de trás – tia Eliza disse. – Fiquei tão brava que poderia ter castigado o cachorro por isso. Mas ele rosnou para mim.

– Príncipe rosnou para você? – Pa perguntou.

– Pois é – disse tia Eliza.

– Então Eliza voltou a se dirigir à nascente – tio Peter prosseguiu. – Mas Príncipe se colocou na frente dela e rosnou. Não deu ouvidos ao que ela dizia ou à bronca que dava. Continuava rosnando, com os dentes à mostra. Quando Eliza tentou passar, ele bloqueou o caminho e tentou morder. Ela ficou com medo.

– E com razão! – Ma disse.

– Ele estava sendo tão agressivo que achei mesmo que poderia me morder – disse tia Eliza. – Acho que teria mordido.

– Nunca ouvi falar em algo assim! – disse Ma. – E o que foi que você fez?

– Dei meia-volta, corri para as crianças em casa e fechei a porta – tia Eliza respondeu.

– Príncipe já se comportou assim com desconhecidos, claro – disse tio Peter. – Mas sempre foi tão bonzinho com Eliza e as crianças que eu não via problema em deixá-las com ele. Eliza não entendeu nada. Depois que ela entrou, o cachorro ficou rodeando a casa, rosnando. Sempre que Eliza ia abrir a porta, ele pulava e avançava.

– Ficou louco? – perguntou Ma.

– Foi o que pensei – tia Eliza disse. – Eu não sabia o que fazer. Ali estava eu, fechada em casa com as crianças, sem coragem de sair. Não tínhamos água. Eu não conseguia nem pegar um pouco de neve para deixar derreter. Sempre que abria uma fresta da porta que fosse, Príncipe agia como se fosse fazer picadinho de mim.

– Quanto tempo isso durou? – Pa perguntou.

– O dia todo, até o fim da tarde – tia Eliza disse. – Se Peter não tivesse levado a arma, eu teria atirado no cachorro.

– No fim da tarde, Príncipe ficou quieto e se deitou diante da porta – tio Peter contou. – Eliza achou que estivesse dormindo, e decidiu passar por ele para ir buscar água na nascente. Ela abriu a porta bem devagar, mas é claro que ele acordou na mesma hora.

Quando viu que Eliza estava com o balde na mão, ficou de pé e seguiu na frente dela rumo à nascente, como costumava fazer. Chegando lá, em toda a volta da água, havia pegadas frescas de pantera na neve.

– As pegadas eram do tamanho da minha mão – disse tia Eliza.

– Era um animal grande – tio Peter confirmou. – Eu nunca tinha visto pegadas daquele tamanho. Teria pego Eliza, com toda a certeza, se Príncipe a tivesse deixado chegar à nascente naquela manhã. Vi os rastros. A pantera devia ter ficado em cima do carvalho à beira da nascente, à espera de qualquer animal que fosse beber água. Sem dúvida teria atacado Eliza. Quando ela viu as pegadas, a noite já estava caindo. Eliza voltou para casa depressa, com o balde cheio. Príncipe a seguiu de perto, sempre olhando para o desfiladeiro.

– Deixei que ele entrasse em casa comigo – tia Eliza disse. – Ficamos todos lá até que Peter chegasse.

– E você conseguiu pegar a pantera? – Pa perguntou a tio Peter.

– Não – ele respondeu. – Peguei a arma e procurei em toda parte, mas não a encontrei. Vi mais pegadas. Ela tinha ido para o norte, embrenhando-se mais na Grande Floresta.

Alice, Ella e Mary estavam todas bem despertas agora. Laura cobriu a cabeça e sussurrou para Alice:

– Nossa! Você não ficou com medo?

Alice sussurrou que sim, mas que Ella tinha ficado com mais. Ella sussurrou que aquilo era mentira.

– Bem, mas foi você quem mais insistiu que estava com sede – Alice sussurrou.

Elas ficaram ali sussurrando até que Ma disse:

– Charles, as crianças nunca vão pegar no sono se você não tocar para elas.

Por isso, Pa pegou a rabeca.

A casa estava tranquila e quentinha, iluminada pela lareira. As sombras de Ma, tia Eliza e tio Peter, bem grandes, bruxuleavam ao fogo. A rabeca começou a cantar alegremente, sozinha.

Cantou *Dinheiro almiscarado*, *A novilha vermelha*, *O sonho do diabo* e *O viajante do Arkansas*. Laura dormiu enquanto Pa e a rabeca cantavam juntos, suavemente:

Minha querida Nelly Gray,
levaram você também,
nunca mais verei meu amor...

As crianças acordaram quase juntas na manhã seguinte. Olharam para as meias e perceberam que não estavam mais vazias. Papai Noel tinha passado por ali. Alice, Ella e Laura usavam camisolas de flanela vermelha, enquanto Peter usava um camisão também de flanela vermelha. Todos correram para ver o que Papai Noel havia trazido.

Em cada meia havia um par de luvas vermelhas e um pedaço comprido e achatado de bala com listras vermelhas e brancas e lindos entalhes nas laterais.

Ficaram tão felizes que, a princípio, nem conseguiram falar. Só voltaram seus olhinhos brilhantes para os ótimos presentes. Laura era a que estava mais feliz de todos, porque também havia ganhado uma boneca de pano.

Era uma boneca linda. O rosto era branco, e os olhos eram botões pretos. A sobrancelha tinha sido feita com lápis, e as bochechas e a boca haviam sido pintadas com a tinta extraída de frutas vermelhas.

O cabelo era de fios pretos e havia sido trançado e emaranhado, para ficar encaracolado.

Tinha meinhas de flanela vermelha e galochinhas de tecido preto. O vestido era de um tecido rosa e azul bem bonito.

A boneca era tão linda que Laura ficou sem palavras. Só a abraçou e se esqueceu de todo o resto. Não percebeu que estavam todos olhando para ela até que tia Eliza disse:

– Já viram olhos desse tamanho?

As outras meninas não ficaram com inveja que Laura tivesse ganhado luvas, bala *e* uma boneca, porque ela era a menor, com exceção de Carrie e da bebê de tia Eliza, Dolly Varden. E as bebês eram pequenas demais para brincar com bonecas. Tão pequenas que nem sabiam do Papai Noel. Só enfiavam os dedinhos na boca e se remexiam de tão animadas.

Laura se sentou na beirada da cama, segurando a boneca. Tinha adorado as luvas vermelhas e a bala, mas a boneca era o melhor de tudo. Ela lhe deu o nome de Charlotte.

As crianças deram uma olhada nas luvas umas das outras e experimentaram as suas. Peter mordeu um belo pedaço de sua bala, mas Alice, Ella, Mary e Laura só lamberam as delas, para que durassem mais.

– Ora, ora! – tio Peter disse. – Não tem nem uma meia com nada além de uma vara dentro? Quer dizer que foram todos boas crianças?

Eles não acreditavam de verdade que Papai Noel seria capaz de não lhes dar nada além de uma vara. Aquilo acontecia com algumas crianças, mas não ia acontecer com eles. Era muito difícil ser bonzinho o tempo todo, todo dia, o ano todo.

– Não provoque as crianças, Peter – tia Eliza disse.

Ma disse:

– Laura, não vai deixar as outras segurar sua boneca também?

O que ela queria dizer era: *meninas não devem ser egoístas.*

Por isso, Laura deixou que Mary segurasse sua linda boneca, depois Alice a segurou por um minuto, e em seguida Ella. Todas alisaram o belo vestido e admiraram as meias e as botinas, além do cabelo enrolado. Laura ficou feliz quando Charlotte finalmente voltou aos seus braços, sã e salva.

Pa e tio Peter tinham ganhado um par de luvas quentes cada um, em xadrez vermelho e branco. Ma e tia Eliza as haviam feito.

Tia Eliza havia levado para Ma uma maçã vermelha e grande, cheia de cravos-da-índia. O cheiro era delicioso! E nunca estragaria, porque aquela quantidade toda de cravos ia mantê-la firme e doce.

Ma deu a tia Eliza um porta-agulhas que ela havia feito. Parecia um livrinho, com as capas em seda e as folhas em flanela branca, que impediria que as agulhas espetadas nela enferrujassem.

Todos admiraram a prateleira de Ma, e tia Eliza disse que tio Peter havia feito uma para ela também, só que com entalhes diferentes, claro.

Papai Noel não havia deixado nada para nenhum deles. Isso porque não dava presentes a adultos, não porque não tivessem sido bonzinhos. Pa e Ma tinham sido. Só que eles eram adultos, e adultos podiam dar presentes uns aos outros.

Então todos os presentes tiveram de ser deixados de lado por um momento. Peter saiu com Pa e tio Peter, para fazer pequenas tarefas, Alice e Ella ajudaram tia Eliza a arrumar as camas, e Laura e Mary puseram a mesa enquanto Ma fazia o café da manhã.

Iam comer panquecas, e Ma fez as das crianças em formato de bonequinho. Ela chamou uma a uma para virem com seu prato, e, enquanto esperavam ao lado do fogão, podiam ver Ma fazer os braços, as pernas e a cabeça com a concha cheia de massa. Era emocionante vê-la virar o bonequinho formado, depressa, mas com cuidado, na chapa quente. Quando a panqueca ficava pronta, Ma a punha no prato, quentinha.

Peter começou comendo a cabeça do bonequinho, mas Alice, Ella, Mary e Laura comeram suas panquecas devagar, primeiro os braços e as pernas, depois o tronco, deixando a cabeça por último.

Fazia tanto frio naquele dia que eles não puderam ir brincar lá fora, mas tinham as luvas novas para admirar e a bala para chupar. Todos se sentaram juntos no chão e ficaram vendo as ilustrações da Bíblia e de animais de todo tipo no livrão verde de Pa. Laura ficou o tempo todo com Charlotte nos braços.

Então chegou a hora do almoço. Alice, Ella, Peter, Mary e Laura não disseram nem uma palavra à mesa, porque sabiam que crianças deviam ser vistas, e não ouvidas. Nem precisaram pedir para repetir a comida. Ma e tia Eliza mantinham os pratos deles cheios e deixaram que comessem todas as delícias que quisessem.

– O Natal é só uma vez por ano – disse tia Eliza.

Eles comeram cedo, porque tia Eliza, tio Peter e os primos tinham um longo caminho a percorrer.

– Mesmo com os cavalos dando tudo de si, mal chegaremos antes do anoitecer – explicou tio Peter.

Assim que terminaram de comer, tio Peter e Pa foram prender os cavalos ao trenó, enquanto Ma e tia Eliza arrumavam os primos para ir embora.

Foram vestidas meias grossas de lã sobre as meias comuns de lã e os sapatos que os primos já estavam usando. Seguiram-se luvas, casacos, capuzes e xales quentinhos, cachecóis e véus de lã grossa cobrindo o rosto. Ma colocou batatas assadas pelando nos bolsos deles, para manter os dedos aquecidos, e tia Eliza aqueceu seus ferros no fogão, para depois colocá-los a seus pés no trenó. Os cobertores, os mantos e as peles de búfalo também foram aquecidos.

Assim, subiram todos no trenó, confortáveis e quentinhos. Pa prendeu bem o último manto que os cobria.

– Adeus! Adeus! – eles disseram e foram embora, os cavalos trotando alegremente, e os sinos do trenó soando.

Logo não se ouvia mais o som animado, e o Natal tinha chegado ao fim. Mas como havia sido feliz!

Domingos

O inverno parecia longo. Laura e Mary estavam cansadas de ficar sempre em casa. Principalmente aos domingos, o tempo parecia se arrastar.

Todo domingo, Mary e Laura eram vestidas com suas melhores roupas, e seu cabelo era enfeitado com laços novos. Costumavam estar bem limpinhas, porque tomavam banho no sábado à noite.

No verão, a água vinha da nascente. Mas no inverno Pa enchia bem a tina de neve limpa e levava ao fogão para derreter. Depois, atrás de um cobertor esticado sobre duas cadeiras, perto do calor do fogão, Ma dava banho em Laura e, em seguida, em Mary.

Laura era a primeira, porque era menor. Tinha de ir para a cama cedo nas noites de sábado, acompanhada de Charlotte, depois de ter tomado banho e vestido uma camisola limpa. Enquanto isso, Pa esvaziava e voltava a encher de neve a tina, para o banho de Mary. Depois que Mary ia para a cama, era Ma quem tomava banho atrás do cobertor, e por último Pa. Assim ficavam todos limpos para o domingo.

Aos domingos, Mary e Laura não podiam correr, gritar ou fazer barulho brincando. Mary não podia trabalhar em sua colcha de retalhos, e Laura não podia tricotar as luvinhas que estava fazendo para Carrie. Elas podiam olhar em silêncio para suas bonecas de papel, mas não podiam fazer nada de novo para elas. Tampouco podiam costurar roupas para as bonecas de pano ou prender as peças recortadas com alfinete.

Tinham de ficar sentadas em silêncio, enquanto Ma lia histórias da Bíblia para elas, ou histórias sobre leões, tigres e ursos brancos tiradas de *As maravilhas do mundo animal*, o livrão verde de Pa. Podiam ver as ilustrações, podiam segurar suas bonecas de pano e conversar com elas. Só que não podiam fazer mais nada.

Laura gostava de olhar para as ilustrações da Bíblia, que eram protegidas por papel. A melhor era a de Adão dando nome aos animais.

Adão aparecia sentado em uma pedra, com todos os animais, grandes e pequenos, reunidos à sua volta, esperando ansiosamente para descobrir de que tipo eram. Adão parecia muito confortável. Não precisava tomar cuidado para não sujar a roupa, porque não usava roupa. Usava só uma pele de animal na região do quadril.

– Adão tinha roupas bonitas para usar aos domingos? – Laura perguntou a Ma.

– Não – Ma disse. – O pobre Adão só tinha peles de animais para usar.

Laura não tinha pena de Adão. Gostaria de só ter peles de animais para usar.

Um domingo, depois do jantar, ela não aguentou mais. Começou a brincar com Jack, e em poucos minutos estava correndo e gritando. Pa mandou que se sentasse na cadeira e ficasse quieta, mas, quando Laura se sentou, começou a chorar e a bater com os calcanhares nas pernas da cadeira.

– Odeio os domingos! – ela disse.

Pa deixou seu livro de lado.

– Laura – ele disse, severo –, venha aqui.

Ela foi, arrastando os pés, porque sabia que merecia uma surra. Quando chegou, Pa olhou com pena para ela por um momento, depois a pôs no colo e a abraçou. Ele estendeu um braço para Mary e disse:

– Vou contar a vocês uma história de quando vovô era pequeno.

A HISTÓRIA DO TRENÓ E DO PORCO DO VOVÔ

Quando seu avô era menino, o domingo não começava na manhã de domingo, como agora. Começava no pôr do sol de sábado. Então todo mundo parava de trabalhar ou brincar.

O jantar era solene. Depois, o pai do vovô lia um capítulo da Bíblia em voz alta, com todo mundo sentado retinho e imóvel na cadeira. Então todos se ajoelhavam e entoavam uma longa prece. Quando ele dizia "amém", podiam se levantar, pegavam uma vela cada um e iam para a cama. Tinham que ir mesmo direto para a cama, sem brincar, rir ou mesmo conversar.

O café da manhã de domingo era frio, porque eles não podiam cozinhar naquele dia. Então todos vestiam suas melhores roupas e iam para a igreja. Iam andando, porque preparar os cavalos envolvia trabalho, e não se podia trabalhar aos domingos.

Tinham que andar devagar e solenemente, olhando sempre em frente. Não podiam brincar, rir ou mesmo sorrir. Vovô e seus dois irmãos iam à frente, com a mãe e o pai atrás.

Na igreja, vovô e seus irmãos tinham que ficar sentados perfeitamente imóveis por duas longas horas, ouvindo o sermão. Não ousavam se mexer, apesar do banco duro. Não ousavam balançar os pés. Não ousavam virar a cabeça para olhar para as janelas, as paredes ou o teto da igreja. Tinham que ficar paradinhos, sem tirar os olhos do pastor por um minuto que fosse.

Depois da igreja, eles voltavam para casa, andando devagar. Podiam conversar no caminho, mas não alto, e não podiam rir ou sorrir. Em casa, faziam uma refeição fria, preparada no dia anterior. Então passavam a longa tarde sentados em um banco, estudando o catecismo, até que finalmente o sol se punha e era o fim do domingo.

A casa de vovô ficava no meio de uma colina íngreme. A estrada ia do alto ao pé da colina, passando pela porta deles, e no inverno aquele era o melhor lugar possível para se descer de trenó.

Uma semana, vovô e seus irmãos, James e George, começaram a fazer um trenó novo. Trabalharam nele todos os minutos de seu tempo livre. Era o melhor trenó que já haviam feito, tão grande que os três podiam usar juntos, um atrás do outro. Eles pretendiam terminar a tempo de brincar no sábado à tarde, quando sempre tinham duas ou três horas para brincar.

Mas, naquela mesma semana, o pai deles estava derrubando árvores na Grande Floresta. Era um trabalho duro, que exigia a ajuda dos meninos. Eles tinham que fazer suas tarefas da manhã à luz de lamparinas e já estar trabalhando na floresta quando o sol nascia. Ficavam lá até escurecer, e depois ainda tinham tarefas para fazer. Então jantavam e precisavam ir para a cama, para conseguir acordar cedo no dia seguinte.

Não tiveram tempo para trabalhar no trenó até a tarde de sábado. Foram o mais rápidos que conseguiram, mas não conseguiram terminar antes do pôr do sol.

No escuro, não puderam descer a colina, nem mesmo uma vez, porque estariam quebrando o sabá. Então guardaram o trenó no galpão atrás da casa, com a intenção de esperar o fim do domingo.

No dia seguinte, durante as duas longas horas na igreja, com os pés imóveis e os olhos no pastor, eles só pensavam no trenó. Em casa, enquanto comiam, não conseguiam pensar em outra coisa. Quando o pai se sentou para ler a Bíblia, vovô, James e George se mantiveram quietinhos no banco, com o catecismo. Mas só pensavam no trenó.

O sol ainda brilhava, e a neve da estrada estava lisa e cintilante, conforme eles viam pela janela. Era o dia perfeito para descer a colina. Olhando para o catecismo e pensando no trenó novo, parecia que o domingo nunca terminaria.

Depois de um bom tempo, eles ouviram um ronco. Olharam para o pai e viram que sua cabeça estava caída contra o encosto da cadeira. Ele dormia profundamente.

James olhou para George, então se levantou do banco e saiu na ponta dos pés, pela porta dos fundos. George olhou para vovô e seguiu atrás de James, na ponta dos pés. Vovô olhou para o pai, com medo, mas foi atrás de George, na ponta dos pés, e deixou o pai roncando.

Eles pegaram o trenó novo e subiram a colina, em silêncio. Pretendiam descer uma vez só. Então guardariam o trenó e voltariam ao banco e ao catecismo, antes que o pai acordasse.

James se sentou na frente, depois veio George, e por último vovô, que era o menor. O trenó começou a descer, a princípio devagar, depois cada vez mais rápido. Ele corria, ou melhor, voava, colina abaixo, mas os meninos não ousavam gritar: tinham que passar em silêncio diante da casa, para não acordar o pai.

Não havia nenhum som além daquele dos patins na neve e do vento batendo.

Então, bem quando o trenó se aproximava da casa, um porco preto saiu da floresta. Foi até o meio da estrada e parou ali.

O trenó estava indo tão rápido que eles não conseguiam parar. Tampouco tiveram tempo de virar. O trenó atingiu com tudo o porco, que caiu em cima de James com um guincho. O animal continuou soltando guinchos altos e longos: Uíííííí! Uíííííí!

Eles passaram voando pela casa, com o porco à frente, seguido por James, George e vovô, então viram o pai à porta, só olhando. Não tinham como parar, não tinham como se esconder, não tiveram tempo de dizer nada. Continuaram descendo a colina, com o porco no colo de James, guinchando o tempo todo.

O trenó parou ao fim da descida. O porco pulou e saiu correndo para a floresta, ainda guinchando.

Os meninos subiram a colina devagar e solenemente. Guardaram o trenó. Esgueiraram-se para dentro de casa e voltaram a ocupar seus lugares no banco, em silêncio. O pai estava lendo a Bíblia. Olhou para eles, mas não disse nada.

Então voltou a ler, enquanto os meninos estudavam o catecismo.

Quando o sol se pôs e o sabá terminou, o pai levou os três filhos para o depósito de lenha e deu uma surra primeiro em James, depois em George, depois no vovô.

– Então, como veem – Pa disse –, vocês podem até achar difícil se comportar, mas deveriam ficar contentes por não ser tão difícil como era na época de menino do vovô.

– As meninas também tinha que ser assim comportadas? – Laura perguntou.

– Era ainda pior para as meninas – Ma respondeu. – Elas tinham que se comportar como mocinhas o tempo todo, não só aos domingos. Não podiam brincar de trenó como os meninos. Tinham que ficar em casa aprendendo a costurar.

– Agora vão; Ma vai colocar as duas na cama – disse Pa, depois tirou a rabeca do estojo.

Laura e Mary se deitaram na cama baixa e ficaram ouvindo os hinos dominicais. Nem mesmo a rabeca podia tocar aos domingos as músicas dos outros dias.

Primeiro, Pa cantou o hino *Rocha eterna*. Depois cantou:

> *Serei eu aos céus carregado*
> *em um leito de flores sossegado,*
> *enquanto outros por isso lutaram*
> *e mares sangrentos enfrentaram?*

Laura se deixou levar pela música, depois ouviu um barulho, e já era Ma ao fogão, preparando o café. Era manhã de segunda. O domingo só viria dali a uma semana.

Naquela manhã, quando Pa chegou para o café, pegou Laura no colo e disse que precisava lhe dar uma surra.

Ele explicou que era aniversário dela e que a menina não cresceria direito no próximo ano se não apanhasse. Em seguida, bateu nela com tanto cuidado, tanta delicadeza, que nem doeu.

– Um... dois... três... quatro... cinco... seis – ele contou enquanto batia, devagar. Um tapa por cada ano, e mais um para que crescesse.

Então Pa lhe deu um bonequinho de madeira, que havia talhado a partir de um galho, para fazer companhia a Charlotte. Ma lhe deu cinco bolinhos, um para cada ano que Laura havia passado com ela e com Pa. E Mary lhe deu um vestido novo para Charlotte. Ela mesma tinha feito o vestido, com Laura pensando que ela trabalhava em sua colcha de retalhos.

Naquela noite, especialmente para seu aniversário, Pa tocou *Olha a doninha!*.

Ele sentou Laura e Mary em seus joelhos antes de começar.

– Agora prestem atenção – disse. – Talvez consigam ver a doninha dessa vez.

Pa começou a cantar:

Um centavo por um carretel,
outro por uma agulhinha,
e assim o dinheiro vai...

Laura e Mary se inclinaram para a frente, atentas, porque sabiam que era a hora.

Pim! (fez o dedo de Pa na corda)
Olhe a doninha! (cantou a rabeca, claramente)

Mas Laura e Mary não tinham visto o dedo de Pa fazer o *pim*.

– Ah, por favor, por favor, de novo! – elas imploraram.

Os olhos azuis de Pa pareciam rir. A rabeca continuou soando enquanto ele cantava:

*Em volta do banco do sapateiro,
o macaco perseguiu a doninha.
O pastor beijou a mulher dele...
Pim! Olha a doninha!*

Ainda assim, elas não viram o dedo de Pa. Ele era tão rápido que as meninas nunca o pegavam.

As duas foram rindo para a cama, ainda ouvindo Pa e a rabeca cantar:

*Havia um velho preto
que há muito morreu.
E de tio Ned o chamavam.
Seu cabelo se escafedeu,
poucos fios restavam.*

*Seus dedos eram compridos,
igualzinhos a caniço.
E seus dentes amoleciam.
Talvez fosse por isso
que tão pouco comiam.*

*Então pendurem a pá e a enxada,
larguem o arco e o rabecão.
Não há mais trabalho para ele
que foi para onde bons pretos vão.*

Dois ursos enormes

Um dia, Pa disse que a primavera estava chegando.

A neve tinha começado a derreter na Grande Floresta. Caía dos galhos das árvores e abria buracos nos montes cada vez mais macios logo abaixo. Ao meio-dia, todos os pendentes de gelo nos beirais da casinha estremeciam e cintilavam ao sol, com gotas de água escorrendo para a ponta.

Pa disse que precisava ir à cidade, trocar as peles dos animais selvagens que havia pego em suas armadilhas durante o inverno. Uma noite, ele juntou todas. Havia tantas que, bem embaladas e amarradas, chegavam quase tão alto quanto Pa.

Uma manhã cedinho, Pa amarrou o fardo às costas e começou sua caminhada até a cidade. Carregava tantas peles que não conseguiu levar a arma consigo.

Ma ficou preocupada, mas Pa disse que, se saísse antes do nascer do sol e caminhasse bem depressa o dia todo, estaria de volta antes do anoitecer.

Mesmo a cidade mais próxima ficava longe. Laura e Mary nunca tinham ido lá. Nunca tinham visto uma loja. Nunca tinha visto nem mesmo duas casas uma ao lado da outra. Mas sabiam que na cidade havia muitas casas, e uma loja cheia de doces, tecidos e outras coisas maravilhosas, como pólvora, chumbo, sal e açúcar.

Elas sabiam que Pa trocaria as peles por coisas lindas da loja, e ficaram esperando o dia todo pelos presentes que ele traria. Enquanto o sol baixava da copa das árvores e gotas pararam de escorrer dos pendentes de gelo, as duas esperavam ansiosamente pelo pai.

O sol sumiu de vista, a floresta ficou escura, mas ele não chegou. Ma começou a fazer o jantar e pôs a mesa, mas ele não chegou. Já era a hora de Pa fazer suas últimas tarefas, e ele não havia chegado.

Ma disse que Laura podia ir com ela ordenhar a vaca. Laura levaria a lanterna.

Laura pôs o casaco, e Ma o abotoou. Enquanto a menina vestia as luvas vermelhas, que ficavam penduradas em seu pescoço por um fio também vermelho, Ma acendeu a vela da lanterna, que era de lata, com alguns buracos para que a luz passasse.

Enquanto Laura seguia atrás de Ma pelo caminho que levava ao celeiro, os fragmentos de luz brincavam à sua volta na neve. A noite não estava totalmente escura. A floresta estava, mas uma luz cinza ainda iluminava o caminho, e algumas estrelas brilhavam fracamente no céu. A luz delas não era tão quente e forte quanto a que saía da lanterna.

Laura ficou surpresa em ver a silhueta escura de Sukey, a vaca marrom, no terreno do lado de fora do celeiro. Ma, também.

Ainda era começo de primavera, de modo que Sukey não deveria ficar solta para pastar na Grande Floresta. Ela ficava no celeiro. Mas, às vezes, nos dias quentes, Pa abria a porta da baia para que a vaca pudesse sair um pouco. Ela esperava por Ma e Laura do outro lado do porão.

Ma foi até o portão e o empurrou, mas ele não abriu muito, porque Sukey estava bem ali.

– Saia, Sukey! – Ma disse. Ela estendeu o braço por cima do portão e deu um tapa no ombro da vaca.

Só então um fragmento de luz dançante da lanterna atravessou as grades do portão, e Laura viu pelos pretos, compridos e desgrenhados, além de dois olhinhos brilhantes.

O pelo de Sukey era fino, curto e marrom. Seus olhos eram grandes e gentis.

– Laura, volte para casa – disse Ma.

A menina deu meia-volta e começou a caminhada para casa. Ma foi atrás dela. Na metade do caminho, Ma a pegou no colo, com lanterna e tudo, e correu. Ela entrou com Laura na casa e bateu a porta.

– Era um urso, Ma? – Laura perguntou.

– Sim, Laura – Ma disse. – Era um urso.

Laura começou a chorar. Continuou abraçada a Ma e perguntou, entre soluços:

– Ele vai comer Sukey?

– Não – Ma disse, abraçando-a também. – Sukey está a salvo no celeiro, com suas paredes de toras grossas e pesadas. A porta também é pesada e sólida, foi feita para manter ursos a distância. Não, o urso não vai conseguir entrar e não vai comer Sukey.

Com aquilo, Laura se sentiu melhor.

– Mas poderia ter machucado a gente, não é? – ela perguntou.

– O que importa é que não machucou – Ma disse. – Você foi uma boa menina, Laura, por ter feito exatamente o que mandei, e rápido, sem perguntar o motivo.

Ma estava tremendo, mas então soltou uma risadinha.

– E pensar que dei um tapa em um urso! – ela disse.

Então Ma colocou o jantar na mesa, para Laura e Mary. Pa ainda não tinha chegado. Não havia sinal dele ainda. Laura e Mary tiraram a roupa do dia, rezaram e entraram debaixo das cobertas.

Ma ficou sentada, remendando uma camisa de Pa à luz da lamparina. A casa parecia velha, parada e estranha sem ele.

Laura ficou ouvindo o vento na Grande Floresta. Ele chorava em toda a volta da casa, como se estivesse perdido, no escuro e no frio. O vento parecia muito assustado.

Ma terminou de remendar a camisa. Laura viu quando ela a dobrou devagar, com todo o cuidado, e a alisou com a mão, depois fez algo que nunca havia feito. Foi até a porta e passou o cordão no trinco, para que ninguém pudesse entrar sem o consentimento dela. Então voltou e pegou no colo Carrie, que estava dormindo na cama.

Ela viu que Laura e Mary continuavam acordadas e disse:

– Vão dormir, meninas. Está tudo bem. Pela manhã Pa estará aqui.

Então ela voltou à cadeira de balanço e ficou ali, balançando suavemente, com a bebê nos braços.

Ia ficar acordada até tarde, esperando Pa. Laura e Mary também queriam ficar acordadas até que ele chegasse. Mas acabaram pegando no sono.

Pela manhã, Pa estava mesmo lá. Tinha trazido doces para Laura e Mary, duas peças de um belo tecido para que Ma fizesse um vestido para cada uma. O de Mary era estampado azul e branco, enquanto o de Laura era vermelho-escuro com bolinhas de um dourado escuro. Ma também ganhou uma peça de tecido para um vestido: era marrom, com folhas estampadas em branco.

Estavam todos felizes, porque Pa havia conseguido um ótimo preço pelas peles, o que lhe permitira voltar com presentes lindos.

Havia pegadas do urso rodeando todo o celeiro e marcas de suas garras nas paredes. Mas Sukey e os cavalos haviam ficado a salvo lá dentro.

O sol brilhou o dia todo. A neve derreteu, e água escorria dos pendentes de gelo, que ficavam cada vez mais finos. Antes que o sol se pusesse, as pegadas de urso não passavam de marcas sem forma na neve úmida e macia.

Depois do jantar, Pa pegou Laura e Mary no colo e disse que tinha uma história nova para contar.

A história de Pa e do urso que ele encontrou no caminho

Enquanto seguia para a cidade ontem, com as peles, tive dificuldade em andar na neve macia. Levei um longo tempo até lá, de modo que outros homens com peles tinham chegado mais cedo para fazer seus negócios. O dono da loja estava ocupado, e tive de esperar até que ele pudesse olhar o que eu tinha.

Depois tivemos de negociar o preço de cada item, e só então pude escolher o que queria em troca.

Por isso, o sol estava quase se pondo quando comecei a voltar.

Tentei me apressar, mas o caminho era duro, e eu estava cansado. Quando a noite caiu, não tinha ido muito longe. Estava sozinho na Grande Floresta, e sem arma.

Ainda restavam dez quilômetros de caminhada, e segui tão rápido quanto podia. A noite foi ficando cada vez mais escura. Eu queria minha arma, porque sabia que alguns ursos já deviam ter saído da hibernação. Tinha visto seus rastros no caminho de ida naquela manhã.

Nesta época do ano, os ursos estão famintos e furiosos. Passam o inverno todo em suas tocas, sem comer, de modo que acordam magros e raivosos. Eu não queria encontrar um deles.

Acelerei tanto quanto pude, na escuridão. De vez em quando, estrelas iluminavam meu caminho. Continuava escuro como breu nos pontos em que a vegetação era densa, mas nas clareiras eu enxergava um pouco. Via um pouco da estrada adiante, e via as árvores que me rodeavam, nas sombras. Ficava feliz quando chegava a uma área aberta, à luz fraca das estrelas.

O tempo todo, eu ficava atento, tanto quanto possível, à possibilidade de ursos. Tentava identificar os sons que eles fazem quando se embrenham nos arbustos.

Então saí em outra clareira, e ali, bem no meio da estrada, vi um urso preto enorme.

Ele estava de pé nas patas traseiras, olhando para mim. Seus olhos brilhavam. Vi seu focinho. Vi até mesmo uma garra, à luz das estrelas.

Meus cabelos se arrepiaram. Congelei no lugar, na mesma hora. O urso não se moveu. Ficou ali, olhando para mim.

Eu sabia que não adiantaria tentar contornar o animal. Ele ia me seguir rumo à parte fechada da floresta, onde enxergaria melhor que eu. Eu não queria lutar com um urso morto de fome depois do inverno. Ah, como desejei estar com minha arma!

Para chegar em casa, precisava passar por ele. Pensei que, com um susto, talvez o animal saísse da estrada e me deixasse seguir meu caminho. Inspirei fundo, gritei com todas as minhas forças e corri na direção dele, movendo os braços.

O urso não se moveu.

Não cheguei muito perto dele, claro. Parei e o olhei, e o urso ficou olhando para mim. Então gritei de novo. Ele não se moveu. Gritei e sacudi os braços um pouco mais, e o urso não se alterou.

Bem, correr não adiantaria nada. Havia outros ursos na floresta. Eu poderia deparar com um a qualquer momento. Podia lidar com aquele tanto quanto com qualquer outro. Além do mais, estava voltando para casa, para vocês e para Ma. Nunca chegaria aqui se corresse de tudo o que me assustava na floresta.

Então olhei em volta e encontrei um galho firme e pesado, que tinha se quebrado com o peso da neve e que eu poderia usar de porrete.

Eu o ergui com as duas mãos e corri na direção do urso. Desci o galho com todas as forças e dei com ele na cabeça do urso, bam!

Ele continuou ali, porque na verdade não passava de um tronco de árvore carbonizado!

Eu tinha passado por ele pela manhã, a caminho da cidade. Não era urso coisa nenhuma. Só achei que fosse porque vinha pensando em ursos, com medo de encontrar um.

– Não era mesmo um urso? – Mary quis confirmar.

– Não, nem um pouco. Eu tinha gritado, dançado, sacudido os braços, mas estava sozinho na Grande Floresta, tentando assustar um tronco!

– No nosso caso era um urso mesmo – disse Laura. – Mas não ficamos com medo, porque achamos que era Sukey.

Pa não disse nada, só a abraçou com mais força.

– Nossa! O urso poderia ter devorado Ma e a mim! – Laura disse, aconchegando-se nele. – Mas não fez nada, mesmo depois de Ma dar um tapa nele. Por que será?

– Acho que ele ficou surpreso demais para fazer alguma coisa, Laura – Pa disse. – Deve ter ficado com medo, com a luz da lanterna nos olhos. E, quando Ma se aproximou e deu um tapa nele, o urso soube que *ela* não tinha medo.

– Bem, o senhor também foi corajoso – Laura disse. – Achava que era um urso, mesmo que fosse só um tronco. Teria batido nele com o galho se fosse mesmo um urso, não é?

– Sim – Pa disse. – Teria batido. Eu não tinha escolha, entende?

Então Ma disse que era hora de ir para a cama. Ela ajudou Laura e Mary a tirar a roupa do dia e abotoou as camisolas de flanela vermelha de ambas. Elas se ajoelharam ao lado da cama e rezaram.

Agora eu me deito para descansar.
Rogo ao Senhor para de minha alma cuidar.
Se eu morrer antes de acordar,
rogo ao Senhor para minha alma levar.

Ma beijou as duas e as cobriu. As duas ficaram olhando para o cabelo liso dela, dividido no meio, e para o modo como suas mãos trabalhavam, enquanto costurava à luz da lamparina. A agulha fazia ruidinhos ao bater no dedal, e o fio passava fácil, *vush!*, pelo tecido bonito que Pa havia conseguido em troca das peles.

Laura olhou para Pa, que engraxava suas botas. O bigode, o cabelo e a barba comprida dele brilhavam castanhos e sedosos à luz da lamparina, as cores de seu casaco xadrez se reduziam a cinza. Ele assoviava alegremente ao trabalhar. Então começou a cantar:

Era manhã, e os pássaros cantavam
em meio às heras que se espraiavam.
Em meio às colinas, o sol nascia,
enquanto à tumba seu corpo descia.

Era uma noite quente. O fogo da lareira se reduzia a brasas, e Pa não o reavivou. Em volta da casinha, na Grande Floresta, ouvia-se o som da neve caindo e o gotejar constante dos pendentes de gelo derretendo nos beirais.

Em pouco tempo, nas árvores estariam brotando folhas, tosadas, amareladas, verde-claras, e logo haveria flores selvagens e pássaros na floresta.

Então não haveria mais histórias à noite, diante da lareira, mas Laura e Mary poderiam correr e brincar o dia todo em meio às árvores, porque seria primavera.

Neve de açúcar

Por dias, o sol brilhou, e o tempo ficou quente. Não havia mais gelo nas janelas pela manhã. Os pendentes de gelo caíram um a um dos beirais, estilhaçando-se com um som abafado pelos montes de neve mais abaixo. As árvores sacudiram seus galhos escuros e úmidos, para que a neve caísse também.

Quando Mary e Laura colavam o nariz na vidraça fria, podiam ver a água pingar dos beirais e os galhos nus das árvores. A neve não cintilava mais: parecia branda e cansada. Os montes sob as árvores tinham buracos onde blocos de neve haviam caído das árvores, e as margens que ladeavam o caminho pareciam cada vez mais estreitas e mais baixas.

Até que, um dia, Laura viu um pedaço de terra no quintal, que foi aumentando ao longo do dia. Antes que a noite chegasse, o terreno era pura lama. Restavam apenas um caminho de gelo e as margens ao longo dele, da cerca e da pilha de lenha.

– Dá para sair para brincar, Ma? – Laura perguntou.

– "Posso sair para brincar", Laura.

– Posso sair para brincar? – corrigiu-se a menina.

– Amanhã – Ma prometeu.

Laura acordou durante a noite, tremendo. As cobertas pareciam finas, e seu nariz estava gelado. Ma a cobriu com outra manta.

– Chegue mais perto de Mary – Ma disse –, para se esquentar.

Pela manhã, a casa estava quente, por causa do fogão, mas, quando Laura olhou pela janela, viu que o chão estava coberto por uma camada grossa de neve macia. A neve também se empilhava ao longo dos galhos das árvores, em cima da cerca e do portão.

Pa entrou, sacudindo a neve dos ombros e limpando as botas.

– É neve de açúcar – ele disse.

Laura esticou a língua e provou um pouco da neve branca acumulada em uma dobra da manga dele. Só tinha gosto de água, como a neve comum. Ela ficou contente que ninguém a tivesse visto provar.

– Por que o senhor chama assim, Pa? – ela perguntou, mas ele disse que não podia explicar no momento. Ia à casa do vovô e precisava se apressar.

Vovô vivia na Grande Floresta, bem longe deles, onde as árvores eram maiores e ficavam ainda mais próximas umas das outras.

Laura foi à janela e ficou vendo Pa, grande, rápido e forte, avançar pela neve. Carregava a arma nas costas, a machadinha e o polvorinho pendurados no cinto. Suas botas compridas deixavam marcas profundas na neve macia. A menina ficou de olho nele até que sumisse de vista, em meio às árvores.

Quando Pa voltou, já era tarde. Ma tinha acendido a lamparina. Ele trazia um pacote grande sob o braço e, na outra mão, um balde de madeira com tampa.

– Aqui, Caroline – Pa disse, entregando o pacote e o balde para Ma, depois pendurando a arma nos ganchos sobre a porta. – Se eu tivesse encontrado um urso, não conseguiria atirar nele sem derrubar a carga. – Ele riu. – E, se tivesse derrubado o balde e o pacote, não precisaria atirar nele. Só ficaria olhando enquanto ele comia tudo e lambia os lábios.

Ma abriu o pacote. Havia dois bolos duros e escuros, cada um do tamanho de uma panela média. Depois destampou o balde e viu que estava cheio de um xarope marrom-escuro.

– Venham, meninas – Pa disse, e deu a cada uma delas um pacotinho redondo que tirou do bolso.

Elas desembalaram os presentes. Cada uma havia ganhado um bolinho duro e marrom, com as bordas onduladas.

– Mordam – disse Pa, e seus olhos azuis brilharam.

Cada uma deu uma mordidinha. O gosto era doce, e o bolinho se desfazia na boca. Era ainda melhor que a bala do Natal.

– É com açúcar de bordo – Pa disse.

O jantar estava pronto. Laura e Mary deixaram os bolinhos ao lado do prato enquanto comiam pão com xarope de bordo.

Depois, Pa as pegou no colo diante do fogo e lhes contou sobre seu dia na casa do vovô e a neve de açúcar.

– O inverno todo, vovô fez baldes e pequenas calhas. Usou cedro e freixo, porque essas madeiras não estragam o gosto do xarope de bordo. Para fazer as calhas, ele separou gravetos com o comprimento da minha mão e a grossura de dois dedos. A uma extremidade, vovô cortou o graveto ao meio no sentido do comprimento, descartando a sobra. Isso deixou uma ponta dos gravetos chata e quadrada. Depois ele fez um buraco no sentido do comprimento, e com a faca cavoucou a madeira até que se reduzisse a uma casca fina. Todo o interior foi cavoucado até formar uma pequena calha.

"Vovô fez dezenas dessas calhas e dez baldes de madeira. Quando a primeira onda de calor veio e a seiva voltou a se mover nas árvores, ele já estava com tudo pronto.

"Ele foi para o bosque e abriu um buraco em cada bordo, onde prendeu as pequenas calhas pela extremidade arredondada. Também deixou um balde de cedro no chão, ao fim da calha.

"Como vocês sabem, a seiva é o sangue da árvore. Quando o tempo bom chega, com a primavera, ela vem das raízes e sobe até a pontinha de cada ramo e galho, para fazer com que folhas verdes nasçam.

"Bem, a seiva começou a sair pelos buracos na árvore, descer as calhas e cair nos baldes."

– E não dói nas pobres árvores? – perguntou Laura.

– Tanto quanto dói quando você espeta um dedo e sangra – disse Pa. – Todo dia, vovô calça as botas, um casaco leve e o gorro de pele e vai para a floresta nevada recolher a seiva. Com um barril no trenó, ele passa de árvore em árvore, transferindo a seiva dos baldes para o barril. Depois passa tudo para uma chaleira grande de ferro que fica pendurada entre duas árvores por uma corrente.

"Embaixo da chaleira tem uma fogueira grande, que faz a seiva ferver. Vovô acompanha tudo atentamente. O fogo deve estar quente o bastante para ferver a seiva, mas ela não pode transbordar.

"A cada poucos minutos, vovô escuma a seiva, com uma concha comprida, feita de madeira de tília. Quando a seiva está bem quente, levanta a concha cheia de seiva e volta a despejar na chaleira, devagar. Isso a esfria um pouco e impede que a fervura saia do controle.

"Quando a seiva já cozinhou o bastante, ele enche os baldes de xarope. Depois disso, ferve até granular, para depois esfriar.

"Assim que a seiva começa a granular, vovô apaga o fogo. Então, o mais rápido possível, passa o xarope grosso para as panelas à espera. Nelas, o xarope se transforma em bolinhos escuros e duros de açúcar de bordo."

– Então é por isso que falou em neve de açúcar? Porque é quando vovô faz açúcar? – Laura perguntou.

– Não – Pa disse. – Chamam de neve de açúcar porque neve nessa época do ano significa que podemos fazer mais açúcar. A onda de frio e a neve retardam um pouco o nascimento das folhas, de modo que as árvores produzem mais seiva. Quando sobra seiva, vovô pode fazer açúcar de bordo o bastante para todos os dias do ano todo. Quando ele levar suas peles para a cidade, não vai precisar trocar por muito açúcar da loja. Vai pegar só um pouco, para colocar na mesa quando receber visitas.

– Vovô deve estar contente com a neve de açúcar – Laura disse.

– Sim – Pa concordou. – Ele está muito feliz. Vai fazer açúcar de novo na segunda e disse para irmos todos ver.

Os olhos azuis de Pa brilharam: ele guardara o melhor para o fim.

– Ei, Caroline! – Pa disse. – Vai haver um baile!

Ma sorriu. Ela parecia muito feliz. Até deixou a costura por um minuto.

– Ah, Charles! – Ma voltou a costurar, mas sem deixar de sorrir. – Vou usar meu vestido de musselina de lã.

O vestido de musselina de lã de Ma era lindo. Verde-escuro, com estampa miúda que lembrava morangos maduros. Tinha sido feito por uma costureira no Leste, onde Ma morava antes de se casar com Pa e se mudar para a Grande Floresta do Wisconsin, no Oeste. Antes de se casar com Pa, Ma vivia bem-vestida. Uma costureira fazia todas as suas roupas.

O vestido estava bem guardado, embrulhado em papel. Laura e Mary nunca tinham visto Ma nele, mas ela já o havia mostrado uma vez. Deixara que tocassem os lindos botões vermelho-escuros da frente e lhes mostrara como as barbatanas de baleia tinham sido costuradas na parte interna, com centenas de pequenos pontos em x.

Se Ma ia usar seu lindo vestido de musselina de lã, então o baile era importante. Laura e Mary ficaram muito animadas. Pularam no colo de Pa e fizeram perguntas a respeito, até que ele finalmente disse:

– Agora vão para a cama! Vão saber tudo sobre o baile quando chegar a hora. Tenho que trocar a corda da minha rabeca.

Elas tinham de lavar os dedos melados e a boca cheia de açúcar. Tinham de rezar. Quando se deitaram na cama baixa, Pa e a rabeca já estavam cantando, enquanto ele marcava o ritmo batendo o pé no chão.

Sou o capitão Jinks da cavalaria,
dou ao meu cavalo milho e feijão.
Comida e bens nunca me faltarão,
pois sou o capitão Jinks da cavalaria,
pois sou um capitão do exército!

O baile no vovô

Na segunda-feira, todos acordaram cedo, com pressa de ir logo para o vovô. Pa queria ajudar a recolher e ferver a seiva. Ma ajudaria vovó e as tias a fazer comidas gostosas para todos que iriam ao baile.

Eles tomaram o café da manhã, lavaram a louça e arrumaram a cama à luz da lamparina. Pa guardou a rabeca com cuidado no estojo e a colocou no trenó, que já estava esperando no portão.

O ar estava gelado e a luz estava cinza quando Laura, Mary, Ma e Carrie entraram entre a palha e as cobertas quentinhas e aconchegantes.

Os cavalos sacudiram a cabeça e saíram, fazendo os sinos do trenó soar alegremente. Lá se foram eles pela estrada, atravessar a Grande Floresta até a casa do vovô.

A neve da estrada estava úmida e lisa, de modo que o trenó deslizava rapidamente, e as árvores pareciam passar correndo nas laterais.

Depois de um tempo, o sol saiu, e o céu brilhou. Longas faixas de luz amarela eram visíveis por entre as sombras dos troncos das árvores, e a neve ganhou um tom levemente rosado. Todas as sombras eram finas e azuladas, e cada monte de neve, cada rastro na neve, tinha sua sombra.

Pa mostrou a Laura as pegadas de criaturas selvagens, nas laterais da estrada. As pegadas pequenas e saltitantes de coelhos, as menores ainda de ratos-do-campo, e as das emberizas-das-neves, que pareciam penas. Havia pegadas maiores, que pareciam de cachorro, por onde raposas haviam passado. Também viram pegadas de veados saltitando na direção da floresta.

O ar já estava mais quente. Pa disse que a neve não ia durar muito.

Logo eles estavam chegando à clareira onde ficava a casa do vovô, com todos os sinos soando. Vovó saiu à porta e ficou ali, sorrindo, convidando-os a entrar.

Ela disse que vovô e tio George já estavam trabalhando no bosque de bordos. Pa foi ajudá-los. Laura, Mary e Ma, que carregava Carrie, entraram e tiraram os casacos.

Laura amava a casa da vovó. Era muito maior que a deles. Tinha um cômodo bem grande e um quartinho para o tio George, além de outro para a tia Docia e a tia Ruby. Também havia uma cozinha, com um fogão bem grande.

Era divertido correr pelo cômodo maior, desde a lareira até a cama da vovó, que ficava do outro lado, sob a janela. O chão era feito de placas grossas e largas de madeira, que vovô havia feito com o machado. Era todo liso e estava bem limpinho. A cama grande debaixo da janela era muito macia.

O dia pareceu curto, com Laura e Mary brincando no cômodo grande e Ma ajudando vovó e as tias na cozinha. Os homens haviam levado a comida para o bosque, portanto elas não precisaram arrumar a mesa: só comeram sanduíches de carne de veado e beberam leite. Para o jantar, vovó fez mingau.

Ela ficou ao fogão, peneirando a farinha de milho amarelada com os dedos para dentro de uma panela de água salgada e fervente. Mexia o tempo todo, com uma colher de pau grande, acrescentando a farinha até que a panela estivesse cheia de uma massa grossa, amarela e borbulhante. Então ela passou a panela para a parte de trás do fogão, onde cozinharia lentamente.

O cheiro era bom. A casa inteira foi tomada pelo aroma doce e condimentado da cozinha, pela lenha de nogueira queimando na lareira e produzindo chamas claras e fortes, pela maçã cheia de cravos ao lado da cesta de costura de vovó, na mesa. O sol entrava pelas vidraças cintilantes, e tudo parecia grande, espaçoso e limpo.

Pa e vovô voltaram da floresta para o jantar. Ambos tinham um jugo de madeira nos ombros, que vovô havia feito. Encaixava bem no pescoço, nas costas e nos ombros. Em cada extremidade havia uma corrente com um gancho, e em cada gancho havia um balde grande de madeira, cheio de xarope de bordo.

Pa e vovô tinham trazido o xarope da chaleira na floresta. Eles seguravam os baldes com as mãos, mas todo o peso estava nos jugos em seus ombros.

Vovó abriu espaço no fogão para uma chaleira de cobre bem grande. Pa e vovô despejaram o xarope nelas, na qual cabia todo o conteúdo de quatro baldes.

Depois tio George chegou, com um balde menor de xarope. Todos comeram o mingau quente com xarope de bordo.

Tio George estava de licença do exército. Usava sua jaqueta azul com botões de cobre e tinha olhos azuis alegres e corajosos. Era grande, largo e tinha um andar altivo.

Laura ficou olhando para ele enquanto comia o mingau, porque tinha ouvido Pa dizer a Ma que ele tinha se tornado um selvagem.

– George se comporta como um selvagem desde que voltou da guerra – Pa havia dito, balançando a cabeça como se sentisse muito, mas não tivesse o que fazer. Quando tinha catorze anos, tio George havia fugido para tocar o tamborim no exército.

Laura nunca tinha visto um homem selvagem. Não sabia se deveria ter medo de tio George.

Quando o jantar acabou, tio George foi lá fora para tocar sua corneta do exército, alta e demoradamente. O som encantador e vibrante penetrava a Grande Floresta. Estava escuro e silencioso lá fora, e as árvores se mantinham imóveis, como se estivessem ouvindo. Então, a distância, um som pareceu responder, leve, claro, mínimo, como se uma pequena corneta respondesse à maior.

– Ouça – tio George disse. – Não é bonito?

Laura olhou para ele, mas não disse nada. Quando tio George parou de tocar, ela correu para dentro de casa.

Ma e vovó já tinham limpado as cinzas e tirado e lavado a louça, enquanto tia Docia e tia Ruby se arrumavam no quarto.

Laura se sentou na cama e ficou vendo enquanto elas penteavam o cabelo comprido e o dividiam com cuidado. A risca era feita da testa até a nuca, depois de uma orelha a outra. Depois as tias faziam longas tranças e as prendiam com cuidado em coques grandes.

Elas lavaram as mãos e o rosto, esfregando bem com sabão, na vasilha da bancada da cozinha. Usaram sabão comprado na loja, em vez do sabão pegajoso, mole e marrom-escuro que vovó fazia e mantinha em um jarro grande para usar no dia a dia.

Por um longo tempo, elas se ocuparam da parte da frente do cabelo, segurando a lamparina e olhando para um espelhinho pendurado na parede de toras. Escovaram-no tanto e deixaram-no tão liso no meio que brilhava como seda à luz da lamparina. O volume de cada lado também brilhava, e as pontas estavam enroladas e torcidas sob o coque grande atrás.

Então elas vestiram lindas meias brancas, que haviam rendado com um fio fino de algodão, produzindo padrões mais abertos, e completaram com seus melhores sapatos. Cada uma ajudou a outra com o espartilho. Tia Docia apertou tanto quanto podia o de tia Ruby, depois ela mesma se agarrou ao pé da cama enquanto a outra apertava o dela.

– Puxe, Ruby, puxe! – tia Docia disse, sem ar. – Mais forte.

Tia Ruby fincou os pés no chão e puxou mais forte. Tia Docia media a cintura com as mãos, até que acabou dizendo, sem ar:

– Acho que mais do que isso você não vai conseguir. Mas Caroline disse que Charles era capaz de fechar as mãos em sua cintura quando eles se casaram.

Caroline era o nome de Ma. Quando Laura ouviu aquilo, ficou muito orgulhosa dela.

Tia Ruby e tia Docia vestiram anáguas de flanela, anáguas comuns e anáguas rígidas e engomadas com renda em todo o babado. Por último, vieram os lindos vestidos.

O de tia Docia era azul-escuro, com estampa de flores vermelhas e folhas verdes. Tinha botões pretos na frente, tão parecidos com amoras grandes e suculentas que Laura sentiu vontade de provar.

O de tia Ruby era de calicô cor de vinho, com estampa de penas em um tom mais claro. Os botões eram dourados, cada um com um castelinho e uma árvore gravados nele.

O belo colarinho branco de tia Docia era fechado na frente por um broche com camafeu redondo, com a figura da cabeça de uma senhora. O colarinho de tia Ruby era fechado por uma rosa vermelha de cera. Ela mesma a havia feito, usando uma agulha de cerzir com a ponta quebrada, que não teria mais utilidade.

Estavam ambas encantadoras e pareciam deslizar suavemente sobre o chão, com suas saias grandes e rodadas. Suas cinturinhas eram estreitas e firmes, suas bochechas estavam vermelhas, e seus olhos reluziam sob os cabelos brilhantes e lisos.

Ma também estava linda, em seu vestido verde-escuro de musselina de lã, com folhinhas que pareciam morangos espalhados. A saia era rodada e drapejada, tinha babados e era adornada com fita também verde-escura. Seu colarinho estava preso por um alfinete de ouro. Era chato, tinha o comprimento e a largura dos dois maiores dedos de Laura, e era todo trabalhado, com marcas nas bordas. Ma parecia tão refinada que Laura tinha até medo de tocá-la.

As pessoas começaram a chegar. Vinham a pé pela floresta nevada, portando lanternas, ou chegavam em seus trenós e carroças. Sinos soavam o tempo todo.

O cômodo principal ficou lotado de botas compridas e saias balançantes. Havia uma porção de bebês enfileirados na cama de vovó. Tio James e tia Libby vieram com a filha, cujo nome também era Laura Ingalls. As duas Lauras se reclinaram sobre a cama e ficaram olhando para os bebês. A outra Laura disse que o dela era mais bonito que Carrie.

– Não é nada! – Laura retrucou. – Carrie é o bebê mais bonito do mundo todo!

– Não é, não – a outra Laura insistiu.

– É, sim!

– Não é, não!

Ma chegou em seu belo vestido.

– Laura! – ela disse apenas, severa.

Nenhuma das duas Lauras disse mais nada.

Tio George tocava sua corneta, que fazia um som alto e vibrante dentro da casa. Ele brincava, ria e dançava enquanto o fazia. Então Pa tirou a rabeca do estojo e começou a tocar. Todos os casais formaram quadrados no chão e dançaram de acordo com as ordens dele.

– Para a direita, depois para a esquerda! – Pa ordenou, e todas as saias giraram, e todas as botas pisaram. As rodas giravam, as saias indo para um lado e as botas indo para o outro. Batiam-se palmas, e mãos eram erguidas no ar.

– Troca de par! – Pa ordenou. – Cada cavalheiro se curva para a dama à esquerda!

Todos fizeram como Pa disse. Laura ficou vendo a saia de Ma girar, sua cinturinha se dobrar e sua cabeça se curvar. Ela lhe parecia a dançarina mais encantadora do mundo. A rabeca cantava:

Ah, moças de Búfalo
Não vão sair esta noite?
Não vão sair esta noite?
Não vão sair esta noite?
Ah, moças de Búfalo,
Não vão sair esta noite
Para dançar à luz do luar?

As rodas grandes e pequenas giravam e giravam, e as saias também, enquanto as botas pisavam firme, pares se curvavam, se separavam e voltavam a se encontrar e a se curvar.

Vovó estava sozinha na cozinha, mexendo o xarope que fervia na chaleira de cobre. Ela mexia no ritmo da música. Na porta dos fundos, havia um balde de neve limpa. De vez em quando, vovó pegava uma colherada de xarope da chaleira e despejava em um prato com um pouco de neve.

Laura voltou a olhar para os dançarinos. Pa estava tocando *A lavadeira irlandesa*. Ele cantava:

> *Dancem, senhoras, não dancem de menos!*
> *Ponham mais força no calcanhar e nos dedos!*

Laura não conseguia manter os pés parados. Tio George olhou para ela e riu. Então a pegou pela mão e fez uma dancinha com a sobrinha, no canto do cômodo. Laura gostava de tio George.

Todos riam, à porta da cozinha. Tiraram vovó de lá. O vestido dela também era lindo, de calicô azul com estampa de folhas cor de outono. Suas bochechas estavam coradas de tanto rir, e ela balançava a cabeça. Continuava com a colher de pau na mão.

– Tenho que olhar o xarope – ela disse.

Então Pa começou a tocar *O viajante do Arkansas*, e todo mundo acompanhou a música com palmas. Vovó se curvou para os convidados e fez alguns passinhos. Dançava tão bem quanto qualquer um deles. As palmas quase sufocavam o som da rabeca de Pa.

De repente, tio George fez um passo elaborado, curvou-se baixo na frente de vovó e começou a dançar uma giga. Ela passou a colher de pau a alguém, colocou as mãos na cintura e encarou tio George. Todos gritaram, porque vovó dançou a giga também.

Laura batia palmas no ritmo da música, junto com todos os outros. A rabeca cantou como nunca. Os olhos de vovó brilhavam, e suas bochechas estavam bem vermelhas. Abaixo das saias, seus calcanhares batiam tão rápido quanto os das botas de tio George.

Todo mundo estava muito animado. Tio George continuou fazendo a giga, assim como vovó, de frente para ele. A rabeca não parou. A respiração de tio George ficou pesada, e ele enxugou o suor da testa. Os olhos de vovó brilharam mais.

– Você não vai ganhar dela, George! – alguém gritou.

Tio George acelerou a dança. Fez a giga duas vezes mais rápido que antes. Vovó também. Todo mundo comemorou. As mulheres riam e batiam palmas, enquanto os homens provocavam George. Ele não se importava, mas não lhe restava fôlego para rir. Estava dançando.

Os olhos azuis de Pa também brilhavam. De pé, ele observava George e vovó, enquanto o arco da rabeca dançava sobre as cordas. Laura pulava no lugar, dando gritinhos e batendo palmas.

Vovó continuava dançando, com as mãos na cintura e o queixo erguido, sorrindo. George não desistia, mas suas botas já não batiam tão forte quanto no início. Os saltos de vovó prosseguiram em seu sapateado alegre. Uma gota de suor escorreu da testa de George e brilhou em sua bochecha.

De repente, ele jogou os braços para o alto e disse, arfando:

– Perdi!

Então parou de dançar.

Todo mundo fez barulho, gritando e batendo os pés para celebrar vovó. Ela dançou mais um pouquinho, então parou. Riu, meio sem fôlego. Seus olhos brilhavam igualzinho aos de Pa quando ria. George também ria, enxugando a testa na manga.

De repente, vovó parou de rir. Ela se virou e correu o mais rápido possível para a cozinha. A rabeca parou de tocar. As mulheres vinham falando ao mesmo tempo, enquanto os homens provocavam George, mas todos pararam por um minuto ao ver vovó assim.

Ela voltou para a porta que dividia a cozinha e o cômodo principal e disse:

– O xarope está pronto, venham se servir.

Todos voltaram a falar e rir. Apressaram-se para pegar pratos na cozinha e saíram para enchê-los de neve. A porta dos fundos estava aberta, deixando o ar frio entrar.

Lá fora, as estrelas pareciam congeladas no céu, e o ar queimava as bochechas e o nariz de Laura. Sua respiração condensava ao sair.

Ela, a outra Laura e todas as crianças colocaram neve limpa nos pratos, depois voltaram para a cozinha lotada.

Vovó ficava ao lado da chaleira de cobre e, com a colher de pau, despejava o xarope quente em cada prato de neve. Ele esfriava e formava uma bala macia, que todos comiam imediatamente.

Podiam comer o quanto quisessem, pois açúcar de bordo não fazia mal a ninguém. Havia bastante na chaleira e bastante neve lá fora. Assim que terminavam o primeiro prato, voltavam a enchê-lo de neve para que vovó despejasse mais xarope nele.

Quando não aguentavam mais comer a bala macia de bordo, os convidados se serviram da mesa comprida que estava coberta de tortas de abóbora e de frutas silvestres, biscoitos e bolos. Também havia pão, porco cozido frio e picles. Ah, como era ácido o picles!

Todos comeram até não poder mais, depois voltaram a dançar. Vovó continuou de olho no xarope na chaleira. De vez em quando, colocava um pouquinho em um prato e mexia e mexia. Então balançava a cabeça e devolvia o xarope à chaleira.

O outro cômodo estava barulhento e animado, com a música da rabeca e os ruídos da dança.

Finalmente, quando vovó mexeu, o xarope no pratinho se transformou em grãos, como se fosse areia. Ela chamou:

– Rápido, meninas! Está granulando!

Tia Ruby, tia Docia e Ma deixaram a dança e vieram correndo. Pegaram as panelas, grandes e pequenas, e, assim que vovó as enchia de xarope, iam atrás de mais, reservando as cheias para esfriar.

– Agora tragam as forminhas, para as crianças – disse, vovó.

Havia uma forminha, ou pelo menos uma caneca quebrada ou um pires para cada menina e menino. Todos ficaram vendo ansiosamente vovó despejar o xarope. Talvez não houvesse o bastante. Nesse caso, alguém teria de ser generoso e educado.

Mas havia xarope para todos. A última raspada na chaleira de cobre encheu a última forminha. Ninguém ficou de fora.

A música e a dança prosseguiram. Laura e a outra Laura ficaram ali, vendo os dançarinos. Elas se sentaram no chão a um canto para acompanhar. A dança era tão bonita e a música era tão alegre que Laura não se cansava daquilo.

Todas as belas saias passavam girando, as botas passavam pisando forte, a rabeca continuava tocando animada.

Então Laura acordou, deitada aos pés da cama de vovó. Já era manhã. Ma, vovó e Carrie estavam na cama. Pa e vovô dormiam no chão, enrolados em cobertores, perto da lareira. Ela não viu Mary, que dormia na cama com tia Docia e tia Ruby.

Logo, estavam todos de pé. Havia panquecas e xarope de bordo para o café, depois Pa trouxe os cavalos e o trenó até a porta.

Ele ajudou Ma e Carrie a subir, enquanto vovô pegava Mary no colo e tio George pegava Laura para acomodá-las na palha sobre o trenó. Pa as cobriu bem.

Vovô, vovó e tio George se despediam enquanto eles se afastavam na Grande Floresta, a caminho de casa:

– Adeus! Adeus!

O sol estava quente, e os cascos dos cavalos levantavam bocados de neve enlameada com o trote. Atrás do trenó, Laura podia ver as pegadas que deixavam, cada uma delas afundando a neve e chegando à lama.

– Antes que a noite caia – Pa disse –, vai ser o fim da neve de açúcar.

A cidade

Depois que a neve de açúcar desapareceu, veio a primavera. Pássaros cantavam nos arbustos de avelã com folhas novas que corriam ao longo da cerca. A grama voltava a crescer, verde, e a floresta estava cheia de flores. Havia ranúnculos, violetas, gílias e pequenas silenes por toda parte.

Assim que os dias ficaram mais quentes, Laura e Mary imploraram para que as deixassem correr descalças. A princípio, só podiam correr assim até a pilha de lenha e voltar. No dia seguinte, puderam ir mais além. Logo, seus sapatos foram engraxados e guardados, e elas corriam descalças o dia todo.

Toda noite, tinham que lavar os pés antes de ir para a cama. Abaixo da barra da saia, seus tornozelos e pés ficavam tão sujos quanto seus rostos.

Elas brincavam de casinha debaixo dos dois carvalhos que ficavam diante da casa. A de Mary ficava debaixo da árvore dela, e a de Laura ficava debaixo da árvore dela. Para elas, a grama macia era um tapete verde. As folhas verdes eram o telhado, através das quais podiam ver trechos de céu azul.

Pa fez um balanço de casca de árvore e o pendurou em um galho grande e baixo da árvore de Laura. O balanço era dela, porque ficava na árvore dela, mas Laura precisava ser generosa e deixar que Mary brincasse nele sempre que quisesse.

Mary tinha um pratinho quebrado para brincar, e Laura tinha uma caneca linda, lascada em um único ponto. Charlotte, Nettie e os dois bonequinhos de madeira que Pa havia feito ficavam nas casas com elas. Todo dia, as meninas faziam novos chapéus de folhas frescas para Charlotte e Nettie, além de canecas e pratinhos também de folhas para arrumar a mesa. A mesa era uma bela pedra lisa.

Sukey e Rosie, as vacas, agora ficavam soltas na floresta, para aproveitar a grama e as folhas novas, suculentas. Havia dois bezerros no terreno, além de sete porquinhos, que ficavam com a mãe no chiqueiro.

Pa arrancou os tocos da clareira que havia aberto no ano anterior, para plantar. Uma noite, quando voltou do trabalho, ele disse para Laura:

– Sabe o que eu vi hoje?

Ela não sabia.

– Bem – Pa prosseguiu –, quando estava trabalhando na clareira pela manhã, levantei o rosto e vi um veado nos limites da floresta. Era uma fêmea, uma mãe, e você não vai adivinhar quem estava com ela!

– Um filhotinho! – Laura e Mary disseram juntas, batendo palmas.

– Isso – Pa confirmou. – O filhote estava com ela. Era uma coisa linda, os pelos de um castanho-amarelado muito suave, os olhos grandes e escuros. Tinha patinhas minúsculas, não muito maiores que meu dedão, as perninhas bem finas, e o focinho macio. O filhote só ficou ali, olhando para mim com seus olhos enormes, brandos, imaginando o que eu era. Não teve nem um pouco de medo.

– O senhor não atiraria em um filhotinho, não é? – Laura perguntou.

– Nunca! – Pa respondeu. – Nem na mãe nem no pai dele. Chega de caçar, pelo menos até que os animais da floresta tenham todos crescido. Vamos ter de nos virar sem carne fresca até o outono.

Pa disse que, assim que tivesse terminado o plantio, iriam todos para a cidade. Laura e Mary, também. Já estavam crescidas o bastante.

Elas ficaram muito animadas, e no dia seguinte tentaram brincar de cidade. Não se saíram muito bem, porque não estavam certas de como era lá. Sabiam que tinha uma loja, mas nunca haviam visto uma.

Quase todos os dias depois daquilo, Charlotte e Nettie perguntavam se podiam ir à cidade. Mas Laura e Mary sempre diziam, cada uma à sua boneca:

– Não, querida, você não pode ir neste ano. Se for boazinha, talvez no ano que vem você possa.

Uma noite, Pa disse:

– Amanhã vamos à cidade.

Embora estivessem no meio da semana, naquela noite, Ma deu banho em Laura e Mary e prendeu o cabelo delas. Primeiro, dividiu em mechas, que foram penteadas com o pente molhado e envolvidas em um pedaço de pano. A cabecinha de ambas estava cheia de montinhos, não importava como a apoiassem no travesseiro. Pela manhã, teriam cachos.

Elas estavam tão animadas que demoraram para dormir. Ma não ficou remendando roupas, como costumava fazer. Estava ocupada preparando tudo para o café que tomariam depressa, separando os melhores vestidos, meias e anáguas, a melhor camisa de Pa, e seu próprio vestido de calicô marrom-escuro, com florezinhas roxas estampadas.

Os dias andavam mais longos. De manhã, Ma apagou a lamparina antes mesmo que tivessem terminado o café. Era uma linda manhã de primavera.

Ma fez Laura e Mary tomarem o café e lavou a louça rapidamente. As duas vestiram as meias e os sapatos enquanto ela arrumava as camas. Depois Ma as ajudou a colocar os melhores vestidos: o de calicô azul no caso de Mary e o de calicô vermelho-escuro no caso de Laura. Mary abotoou as costas de Laura, e Ma abotoou as costas de Mary.

Ma desfez os montinhos do cabelo das meninas e ajeitou os cachos compridos, que chegavam até os ombros. Ela trabalhou tão rápido que os dentes do pente chegaram a machucar. O cabelo de Mary era de um dourado lindo, enquanto o de Laura era de um tom castanho sem graça.

Quando o cabelo das duas estava pronto, Ma vestiu a toca nelas e amarrou sob o queixo. Ela fechou o próprio colarinho com o alfinete dourado e estava colocando o chapéu quando Pa chegou ao portão com carroça.

Ele havia escovado os cavalos até brilharem. Havia limpado a carroça e estendido um cobertor limpo sobre o assento no qual estava sentado. Ma se sentou ao lado dele, com Carrie no colo. Laura e Mary se sentaram em uma tábua presa à parte de trás do assento da frente.

Eles seguiram felizes pela floresta primaveril. Carrie ria e se agitava, Ma sorria, Pa assoviava e conduzia os cavalos. O sol estava claro e quente. Cheiros doces e frescos vinham das árvores frondosas.

Havia coelhos à frente na estrada, com as patas da frente suspensas, movimentando os narizinhos, com o sol iluminando suas orelhas compridas e vibrantes. Eles fugiram correndo, seus rabos brancos visíveis de relance. Por duas vezes, Laura e Mary viram veados voltando seus olhos grandes e escuros para elas, em meio às sombras das árvores.

A cidade de Pepin, que se localizava à beira do lago de mesmo nome, ficava a mais de dez quilômetros.

Depois de um longo tempo, Laura começou a ver trechos azuis de relance, por entre as árvores. A estrada dura se transformou em areia macia. As rodas da carroça afundavam mais, e os cavalos se esforçavam e suavam. Pa fez com que parassem algumas vezes para descansar uns minutos.

De repente, de uma vez só, a estrada deixou a floresta, e Laura viu o lago. Era azul como o céu e ia até o fim do mundo. Até onde seus olhos alcançavam, não havia nada além de água azul e plana. Bem longe, a água e o céu se encontravam, em uma linha azul mais escura.

O céu se abria acima dela. Laura não sabia que era tão grande. Havia tanto espaço vazio à sua volta que ela se sentiu pequena e ficou assustada. Laura deu graças que Pa e Ma estivessem ali.

Então o sol pareceu quente. Estava quase a pino, no céu amplo e vazio, enquanto o frescor da floresta ficava para trás, distante da beira do lago. Mesmo a Grande Floresta parecia pequena em comparação com tudo aquilo de céu.

Pa fez os cavalos parar e se virou para trás no assento. Ele apontou adiante com o chicote.

– Pronto, meninas! – Pa disse. – Chegamos à cidade de Pepin.

Laura se levantou, e Pa a segurou para que pudesse ver a cidade. Quando Laura a viu, perdeu o fôlego. Agora sabia como o jovem ianque da música se sentira quando não conseguira ver nada, com todas as casas atrapalhando.

À beira do lago, havia uma construção bem grande. Era a loja, Pa disse. Não era feita de toras. Era feita de tábuas largas e cinza, que iam de cima a baixo. Havia areia em toda a volta.

Atrás da loja havia uma clareira, maior que aquela que Pa havia feito na floresta. Em meio aos tocos de árvores, havia mais casas do que Laura podia contar. Tampouco eram feitas de toras: como a loja, eram feitas de tábuas.

Laura nunca tinha imaginado tantas casas, tão próximas umas das outras. As outras eram muito menores que a loja. Uma delas era nova, e suas tábuas ainda não haviam acinzentado: eram amareladas como madeira recém-cortada.

Gente morava em todas aquelas casas. Fumaça saía das chaminés. Embora não fosse segunda, uma mulher havia estendido a roupa nos arbustos e tocos em volta de sua casa.

Muitos meninos e meninas brincavam ao sol, no espaço aberto entre a loja e as casas. Pulavam de um toco para o outro e gritavam.

– Bem, esta é Pepin – Pa disse.

Laura só assentiu. Olhou e olhou, mas não foi capaz de dizer nem uma palavra. Depois de um tempo, voltou a se sentar, e os cavalos partiram.

Eles deixaram a carroça à beira do lago. Pa desarreou os cavalos e depois prendeu um de cada lado da carroça. Então pegou uma mão de Laura e uma de Mary para andar, com Ma ao lado deles, carregando a bebê. Eles atravessaram as areias profundas da beira do lago. Estava quente e cobria os sapatos de Laura.

Havia uma plataforma larga diante da loja, e em determinado ponto degraus saíam da areia. O coração de Laura batia tão rápido que ela mal conseguiu subir. Tremia toda.

Aquela era a loja em que Pa trocava as peles. Quando eles entraram, o dono o reconheceu. Ele saiu de trás do balcão e foi falar com Pa e Ma. Laura e Mary deveriam demonstrar sua boa educação.

– Como vai o senhor? – Mary disse, mas Laura não foi capaz de dizer nada.

O dono da loja disse para Pa e Ma, admirando os cachos de Mary:

– Que bela menininha vocês têm.

Ele não disse nada sobre Laura ou sobre os cachos dela, que eram feios e castanhos.

Havia uma porção de coisas para olhar na loja. De um lado, havia prateleiras cheias de tecidos estampados e coloridos, em tons lindos de rosa, azul, vermelho, marrom e roxo. No chão, ao longo dos balcões, havia barris de pregos e de chumbo, além de baldes de madeira cheios de balas. Também havia sacos de sal e de açúcar.

No meio da loja, havia um arado feito de madeira brilhante, com uma relha ainda mais brilhante, além de cabeças de machado, de martelo, serras e todo tipo de faca: de caçar, de esfolar, de destrinchar, canivetes... Também havia botas grandes e pequenas, sapatos grandes e pequenos.

Laura poderia passar semanas olhando e ainda não veria tudo o que havia na loja. Ela nem sabia que existiam tantas coisas no mundo.

Pa e Ma negociaram por um longo tempo. O dono da loja tirou peças e peças de tecidos e abriu para que Ma tocasse e conferisse o preço. Laura e Mary só olhavam, sem tocar. Cada nova cor ou estampa era mais bonita que a anterior, e havia tantas! Laura não sabia como Ma conseguia escolher.

Ma escolheu dois calicôs diferentes para fazer camisas para Pa e um brim para fazer um macacão. Então escolheu um tecido branco para fazer lençóis e roupas de baixo.

Pa separou outro tecido para que Ma fizesse um novo avental para si mesma.

– Ah, não, Charles – ela disse. – Não estou precisando.

Pa riu e disse que ela precisava escolher, ou ele levaria um tecido bem vermelho com estampa em amarelo. Ma sorriu e corou. Acabou escolhendo um com botões de rosa e folhas estampados sobre um fundo castanho-amarelado.

Então Pa separou para si mesmo um suspensório e um pouco de tabaco para o cachimbo. Ma também pegou meio quilo de chá e um pacotinho de açúcar, para quando recebessem visitas. O açúcar da loja era marrom-claro, não escuro como o açúcar de bordo que ela usava no dia a dia.

Depois que o negócio havia sido feito, o dono da loja deu a Mary e Laura uma bala cada. Elas ficaram tão surpresas e satisfeitas que só ficaram olhando para o doce. Então Mary se lembrou de dizer:

– Muito obrigada.

Laura não conseguia falar. Ficaram todos esperando, mas ela não produzia som. Ma teve de perguntar a ela:

– Como é que se diz, Laura?

Então a menina abriu a boca e sussurrou:

– Muito obrigada.

Eles saíram da loja. As balas tinham formato de coração e eram brancas, chatas e finas. Havia algo escrito nelas, em letras vermelhas. Ma leu para as meninas. A de Mary dizia:

*Uma rosa é vermelha,
outra é amarela.
O açúcar é sempre doce,
e eu gosto muito dela.*

A de Laura dizia apenas:

A vida é doce.

As balas tinham exatamente o mesmo tamanho. As letras da frase de Laura eram maiores que as do poema de Mary.

Eles voltaram pela areia até a carroça à beira do lago. Pa alimentou os cavalos com um pouco de aveia que havia trazido. Ma abriu a cesta de piquenique.

A família se sentou na areia quente, perto da carroça, para comer pão, manteiga, queijo, ovos cozidos e biscoitos. As ondas do lago Pepin chegavam à areia a seus pés e voltavam, produzindo um ruído baixo.

Depois de comer, Pa voltou para a loja, para conversar um pouco com outros homens. Ma ficou com Carrie no colo até que ela pegasse no sono. Laura e Mary ficaram correndo pela areia, pegando pedrinhas bonitas que eram trazidas e levadas pelas ondas até ficarem lisas e polidas.

Não havia pedrinhas bonitas assim na Grande Floresta.

Quando encontrava uma de que gostava, Laura a guardava no bolso. Havia tantas, cada uma mais bonita que a outra, que logo a menina estava com o bolso cheio. Então Pa chamou, e elas voltaram para a carroça. Os cavalos estavam prontos, e era hora de ir para casa.

Laura estava tão feliz que correu pela areia até Pa, com todas as pedrinhas lindas no bolso. Quando Pa a pegou no colo e a colocou na carroça, algo terrível aconteceu.

As pedras pesadas rasgaram seu bolso, que caiu. Elas rolaram todas pelo chão da carroça.

Laura chorou, porque seu melhor vestido estava rasgado.

Ma passou Carrie a Pa e foi dar uma olhada. Ela disse a Laura que estava tudo bem.

– Não chore. Posso consertar.

Ela mostrou a Laura que o vestido não estava rasgado. O bolso na verdade era uma bolsinha costurada na saia, que ficava embaixo dela. A costura só se havia desfeito. Ma podia costurar o bolso de volta no vestido, que ficaria como novo.

– Recolha as pedrinhas, Laura – Ma disse. – E, da próxima vez, não seja tão gananciosa.

Laura recolheu as pedrinhas, colocou-as no bolso e o carregou no colo. Ela não se importou que Pa risse dela por ser uma menininha tão gananciosa que pegara mais do que podia carregar.

Nada do tipo aconteceu com Mary. Ela era uma boa menina, que sempre mantinha o vestido limpo e arrumado e que se lembrava das boas maneiras. Os cachos dourados de Mary eram lindos, e sua bala em forma de coração continha um poema.

Mary parecia uma menina boa e doce, com o vestido limpo e nem um pouco amarrotado, sentada ao lado de Laura. A irmã achava aquilo injusto.

Mas tinha sido um dia maravilhoso, o melhor de sua vida toda. Laura pensou no lago, tão bonito, na cidade que havia visto, na loja enorme e cheia de coisas diferentes. Ela segurou as pedras com cuidado sobre as pernas, assim como a bala de coração, cuidadosamente embrulhada no lenço. Queria guardá-la para sempre, porque era bonita demais para ser comida.

A carroça sacudia enquanto percorria o caminho de volta pela Grande Floresta. O sol se pôs, e tudo escureceu. Antes que o último vestígio do crepúsculo sumisse, a lua se ergueu no céu. Eles estavam a salvo, porque Pa tinha sua arma.

O luar suave atravessava a copa das árvores e enchia de luz e sombras a estrada à frente. Os cascos dos cavalos faziam um barulho animado.

Laura e Mary não diziam nada, porque estavam muito cansadas. Ma ficou sentada em silêncio, com a bebê adormecida em seus braços. Pa cantou, baixinho:

Não importam os prazeres
com que possamos deparar.
Mesmo sendo humilde,
não há lugar como nosso lar.

Verão

O verão chegou, e as visitas começaram. Tio Henry, tio George ou vovô às vezes vinham a cavalo pela Grande Floresta para ver Pa. Ma saía à porta e perguntava como estavam todos, então dizia:
– Charles está na clareira.
Depois cozinhava mais comida que de costume, e a refeição durava mais tempo. Pa, Ma e a visita ficavam sentados conversando um pouco antes de voltar ao trabalho.
Às vezes, Ma deixava que Laura e Mary atravessassem a estrada e descessem a colina, para visitar a sra. Peterson. Os Petersons tinham acabado de se mudar para lá. A casa era nova e estava sempre arrumada, porque a sra. Peterson não tinha uma filha pequena para bagunçá-la. Era sueca e deixava que Laura e Mary vissem todas as coisas bonitas que havia trazido de seu país: rendas, bordados coloridos e porcelanas.
A sra. Peterson falava em sueco com elas, que falavam em inglês com a senhora, e todas se entendiam perfeitamente. Ela sempre

dava um biscoito a cada uma antes que partissem, e as meninas iam comendo devagar durante a caminhada para casa.

Laura dividia o seu no meio, assim como Mary fazia com o dela. Metade de cada um era reservada para Carrie. Quando chegavam em casa, a bebê tinha duas metades de biscoito, ou seja, um biscoito inteiro.

Aquilo não estava certo. Elas só queriam dividir os biscoitos igualmente com Carrie. Mas, se Mary guardasse metade do seu e Laura comesse o dela inteiro, ou se Laura guardasse metade do dela e Mary comesse o seu inteiro, tampouco seria justo.

Elas não sabiam o que fazer. Por isso, cada uma guardava metade e dava à bebê, sempre sentindo que aquilo não era justo.

Às vezes, vizinhos mandavam avisar que a família passaria certo dia com eles. Então Ma caprichava na limpeza, cozinhava ainda mais e abria o pacote de açúcar da loja. No dia marcado, uma carroça chegava pelo portão logo cedo, trazendo crianças desconhecidas com quem as meninas podiam brincar.

Quando o sr. e a sra. Huleatt vieram, trouxeram Eva e Clarence consigo. Eva era uma menina bonita, com olhos escuros e cachos pretos. Brincava com cuidado e mantinha o vestido sempre limpo e sem amarrotar. Mary gostava daquilo, mas Laura preferiu brincar com Clarence.

Clarence era ruivo, sardento e estava sempre rindo. Suas roupas também eram bonitas. Ele usava um paletó fechado até em cima com botões dourados e brilhantes e com acabamento trançado e calçava sapatos com bico de cobre.

O cobre na ponta brilhava tanto que Laura desejou ser um menino também. Meninas não usavam aquele tipo de sapato.

Laura e Clarence correram, gritaram e subiram em árvores, enquanto Mary e Eva caminhavam juntas e conversavam. Ma e a sra. Huleatt conversaram e deram uma olhada no *Livro das senhoras*, que a visitante havia trazido, e Pa e o sr. Huleatt deram uma olhada nos cavalos e na plantação, depois fumaram seus cachimbos.

Uma vez, tia Lotty veio passar o dia. Naquela manhã, Laura teve de ficar parada um bom tempo enquanto Ma desenrolava seu cabelo e ajeitava os cachos longos. Mary já estava pronta, sentada direitinho na cadeira, com os cachos dourados brilhando e o vestido azul limpo e bem esticado.

Laura gostava de seu vestido vermelho, mas Ma puxou tanto seu cabelo, que era castanho em vez de dourado, que ninguém o notou. Só notavam e admiravam Mary.

– Pronto! – Ma disse afinal. – Seu cabelo está lindo, e Lotty está vindo. Vão correndo encontrar sua tia, vocês duas. Perguntem a ela o que prefere: cachos castanhos ou dourados.

Laura e Mary correram porta afora e pelo caminho, pois a tia já estava no portão. Lotty era alta, muito mais do que Mary. Seu vestido era de um tom lindo de rosa, e ela carregava uma touca também rosa pelo laço.

– De qual gosta mais, tia Lotty? – Mary perguntou. – Cachos castanhos ou dourados?

Ma dissera às meninas que perguntassem aquilo, e Mary era uma boa menina, que fazia exatamente o que diziam.

Laura ficou esperando para ouvir o que tia Lotty diria, muito infeliz.

– Gosto de ambos – a mulher disse, sorrindo. Ela pegou Laura e Mary pela mão, uma de cada lado, e as três foram dançando até a porta, onde Ma estava.

O sol entrava pelas janelas da casa, e tudo estava arrumado e bonito. Uma toalha vermelha cobria a mesa, e o fogão tinha sido polido até brilhar. Do outro lado da porta do quarto, Laura viu que a cama baixa tinha sido guardada sob a alta. A porta da despensa estava aberta, permitindo ver e sentir o aroma das delícias nas prateleiras. Susan Preta desceu ronronando a escada do sótão, onde estivera tirando uma soneca.

Estava tudo tão agradável e Laura se sentia tão feliz e bem que ninguém poderia pensar que se comportaria tão mal como se comportou naquela noite.

Depois que tia Lotty foi embora, Laura e Mary se sentiram cansadas e contrariadas. Elas estavam perto da pilha de lenha, recolhendo lascas de madeira para o fogo da manhã. Detestavam recolher lascas, mas faziam aquilo todo dia. E, naquela noite, detestavam mais que nunca.

Quando Laura pegou a maior lasca de todas, Mary disse:

– Não me importo. É do meu cabelo que tia Lotty gosta mais. Cabelo dourado é muito mais bonito que castanho.

A garganta de Laura se fechou, de modo que ela não conseguiu falar. Sabia que cabelo dourado era mais bonito que castanho. Sem ter o que dizer, deu um tapa na mesma hora no rosto de Mary.

Então ouviu Pa dizer:

– Venha aqui, Laura.

Ela foi devagar, arrastando os pés. Pa estava sentado logo à entrada. Tinha visto Laura dar um tapa em Mary.

– Lembra que eu disse que vocês duas nunca deveriam bater uma na outra? – Pa perguntou.

– Mas Mary disse que... – Laura começou a responder.

– Não faz diferença – garantiu Pa. – O que importa é o que *eu* disse.

Ele tirou uma cinta da parede e bateu em Laura com ela.

Laura se sentou em uma cadeira no canto, soluçando. Quando parou de chorar, ficou de cara feia. A única coisa que a alegrava naquele momento era que Mary tinha de recolher todas as lascas sozinha.

Finalmente, quando já estava escurecendo, Pa disse:

– Venha aqui, Laura.

Sua voz soava bondosa. Laura obedeceu, e ele a colocou no colo e a abraçou forte. Ela se aninhou na curva de seu cotovelo, com a cabeça em seu ombro, de modo que o bigode comprido e castanho dele quase cobria os olhos da menina. Tudo estava bem de novo.

Laura contou tudo a Pa, depois perguntou:

– Você não prefere cabelo dourado a castanho, prefere?

Pa baixou seus olhos azuis para ela e disse:

– Bem, Laura, meu cabelo é castanho.

Ela não havia pensado naquilo. O cabelo e o bigode de Pa eram castanhos, e castanho parecia a ela uma cor encantadora. E estava feliz que Mary tivesse precisado recolher as lascas sozinha.

Nas noites de verão, Pa não contava histórias nem tocava a rabeca. Os dias eram longos, e ele ficava cansado depois de ter trabalhado duro nos campos.

Ma também vivia ocupada. Laura e Mary a ajudavam a capinar o jardim e a alimentar as vacas e as galinhas. Também recolhiam os ovos e ajudavam a fazer queijo.

Quando a grama estava alta e grossa e as vacas davam bastante leite, era o momento de fazer queijo.

Era preciso matar um bezerro, porque não dava para fazer queijo sem coalheira, o revestimento do estômago de um bezerro. O animal deveria ser bem jovem, e não poderia ter-se alimentado de nada além de leite.

Laura tinha medo de que Pa fosse matar um dos bezerrinhos do estábulo. Eram tão fofinhos... Um era castanho-amarelado, e o outro era castanho-avermelhado. Seus pelos eram macios, e seus olhos eram grandes e sonhadores. O coração de Laura bateu mais forte quando Ma começou a falar com Pa sobre fazer queijo.

Pa não ia matar seus bezerros, porque eram fêmeas e virariam vacas leiteiras. Ele foi falar com vovô e tio Henry sobre o queijo, e tio Henry disse que mataria um bezerro dele. Haveria coalho o bastante para tia Polly, vovó e Ma.

Pa foi de novo à casa de tio Henry e voltou com um pedaço do estômago do bezerro. Parecia um pedaço macio de couro, entre branco e cinza, todo enrugado e áspero de um lado.

Quando as vacas foram ordenhadas à noite, Ma dividiu o leite em duas panelas. Pela manhã, ela separou a nata para fazer manteiga depois. Então, depois que o leite ordenhado pela manhã tinha esfriado, ela o misturou com o leite sem nata e levou ao fogo.

Um pedaço da coalheira, embrulhado em tecido, estava de molho em água morna.

Ma espremeu toda a água da coalheira, depois despejou no leite quente. Ela mexeu bem e deixou em um lugar quente, perto do fogo. Logo, ele engrossou e se transformou em uma massa lisa e trêmula.

Com uma faca comprida, Ma cortou a massa em quadradinhos e os deixou descansar, para que o coalho se separasse do soro. Depois passou tudo para um pano e deixou que o líquido amarelado e fino escorresse.

Quando não havia mais soro dentro do pano, ela transferiu o coalho para uma panela grande e salgou, virando e misturando bem.

O tempo todo, Laura e Mary a acompanhavam, ajudando como podiam. Elas adoravam comer os pedacinhos de coalho, na hora de Ma colocar o sal. Fazia barulhinho contra os dentes.

Pa havia instalado uma bancada para prensar o queijo sob a cerejeira que ficava nos fundos. Ele havia feito duas ranhuras no sentido do comprimento de uma tábua e a apoiado em dois blocos, um ligeiramente mais alto que o outro. Sob o extremo mais baixo, posicionara um balde vazio.

Ma colocou o aro de madeira para moldar o queijo sobre a tábua, abriu um pano limpo e úmido sobre ele e o encheu com os pedaços de coalho salgados. Depois cobriu com outro pano limpo e úmido e colocou uma tábua redonda em cima, pequena o bastante para passar pelo aro. Então botou uma pedra pesada em cima.

Ao longo do dia, a tábua redonda foi cedendo devagar ao peso da pedra, extraindo soro, que escorria pelas ranhuras na bancada até o balde.

Na manhã seguinte, Ma tirava o queijo redondo e amarelo-claro, do tamanho de uma panela média. Então fazia mais coalho e voltava a encher o aro.

Toda manhã, ela tira o queijo da prensa e o aparava, até ficar liso. Então costurava um tecido em volta e o untava com manteiga fresca. Depois colocava o queijo na prateleira da despensa.

Todo dia, ela limpava os queijos cuidadosamente com um pano úmido, depois voltava a passar manteiga e virava. Após muitos dias, o queijo estava maduro, com uma crosta dura em volta.

Então Ma embrulhava o queijo em papel e o guardava na prateleira mais alta. Não havia mais nada a fazer além de comer.

Laura e Mary gostavam do processo de produção do queijo. Gostavam de comer o coalho que fazia barulhinho nos dentes e gostavam de comer as bordas que sobravam quando Ma aparava os queijos grandes, amarelos e redondos até que ficassem lisos, antes de costurar o tecido em volta.

Ma ria delas por comerem queijo verde.

– Algumas pessoas dizem que a lua é feita de queijo verde – ela comentou.

O queijo novo parecia mesmo com a lua cheia quando surgia atrás das árvores. Mas não era verde: era amarelo, como a lua.

– É verde porque ainda não amadureceu – explicou Ma. – Quando estiver curado e maduro, não será mais.

– E a lua é mesmo feita de queijo verde? – Laura perguntou, e Ma riu.

– Acho que as pessoas dizem isso porque é parecido – ela explicou –, mas as aparências enganam.

Enquanto Ma limpava os queijos verdes e esfregava manteiga neles, contou sobre a lua morta e fria, que era como um mundo em que nada crescia.

No primeiro dia em que Ma fez queijo, Laura provou o soro. Não disse nada a Ma, que riu ao ver o rosto da menina quando se virou. Naquela noite, enquanto lavava a louça do jantar e Mary e Laura secavam, Ma disse a Pa que Laura havia provado soro, mas não gostara.

– Ninguém morreria de fome com o soro de Ma, como aconteceu com o velho Grimes e o soro da esposa – Pa disse.

Laura implorou que ele contasse sobre o velho Grimes. Embora estivesse cansado, Pa tirou a rabeca do estojo e cantou para ela:

> *O bom e velho Grimes está morto,*
> *nunca mais veremos o coitado.*
> *Ele costumava usar um só casaco,*
> *era cinza e todinho abotoado.*
>
> *A esposa dele fazia um queijo ralo*
> *cujo soro o velho Grimes tomou.*
> *Então bateu um vento de leste a oeste*
> *e o velho Grimes consigo levou.*

– Pronto! – disse Pa. – Ela era uma mulher malvada e sovina. Se não fizesse o queijo ralo, sobraria um pouco de nata no soro, e o velho Grimes teria sobrevivido. Mas ela tirava toda a nata do leite, e o velho Grimes ficou tão magro que foi levado pelo vento. Morreu de fome. – Então Pa olhou para Ma e disse: – Ninguém morreria de fome com você por perto, Caroline.

– Acho que não – Ma disse. – Não com tudo o que você provê para nós.

Pa ficou satisfeito. A noite estava muito agradável, com as portas e as janelas bem abertas para a noite de verão, os pratos fazendo um barulho animado ao bater, enquanto Ma os lavava e Mary e Laura os secavam. Pa guardou a rabeca, sorriu e ficou assoviando sozinho.

Depois de um tempo, ele disse:

– Caroline, amanhã vou até a casa de Henry para pegar a enxada emprestada. Os brotos em volta dos tocos já estão na altura da minha cintura na plantação. É preciso ficar sempre de olho, ou a floresta volta a tomar conta de tudo.

Logo cedo, ele iniciou a caminhada até a casa de tio Henry. Mas não demorou muito para que voltasse correndo. Ele arreou os cavalos, pegou o machado, duas tinas, o caldeirão e todos os baldes de madeira que havia ali.

– Não sei se vou precisar de tudo isso, Caroline – Pa disse –, mas detestaria precisar e não ter à mão.

– O que foi? O que aconteceu? – Laura perguntou, pulando no lugar de tanta empolgação.

– Pa encontrou abelhas em uma árvore – Ma disse. – Talvez consiga trazer um pouco de mel.

Ele voltou para casa antes do meio-dia. Laura tinha ficado esperando por ele e saiu correndo na direção da carroça assim que ela parou. Mas não conseguia ver o que havia lá dentro.

— Caroline — Pa chamou —, pode vir pegar o balde de mel? Vou desarrear os cavalos.

Ma foi até a carroça, um pouco decepcionada.

— Bem, Charles, um balde de mel já é algo.

Então ela olhou para dentro e jogou as mãos para o alto. Pa riu. Todos os baldes estavam lotados de favos de mel dourados, pingando. Ambas as tinas estavam cheias, assim como o caldeirão.

Pa e Ma fizeram mais de uma viagem para carregar as duas tinas, o caldeirão e todos os baldes da casa. Ma empilhou favos de mel bem alto em um prato, depois cobriu o restante com panos.

No almoço, comeram tanto mel quanto aguentaram. Pa contou como havia deparado com a colmeia.

— Eu não estava com minha arma, porque não ia caçar, e agora que é verão não se corre mais tanto risco de deparar com problemas. As panteras e os ursos estão tão gordos nesta época do ano que ficam preguiçosos e bem-humorados. Bem, peguei um atalho pela floresta e quase dei de cara com um ursão. Contornei a vegetação rasteira e ali ele estava, tão distante de mim quanto o outro lado do cômodo.

"O urso olhou para mim, e acho que viu que eu não tinha arma, porque não me deu mais atenção. Ele estava ao pé de uma árvore grande, envolto em abelhas zunindo. Elas não conseguiam picar o bicho, por causa dos pelos grossos, e ele as ficava afastando com uma pata.

"Fiquei ali, olhando para o urso. Ele enfiou a outra pata em um buraco na árvore. Quando a tirou, pingava mel. O urso lambeu a pata e a enfiou de novo. Eu queria o mel para mim, por isso fui atrás de um pau.

"Fiz o maior barulho, batendo com o pau em uma árvore e gritando. O urso estava tão gordo e tão cheio de mel que se apoiou nas quatro patas e se mandou para o meio das árvores. Eu o persegui por um momento, para que se afastasse mais rápido das árvores, então vim correndo buscar a carroça."

Laura perguntou a Pa como ele tinha conseguido tirar o mel, com todas as abelhas.

– Foi fácil – ele respondeu. – Deixei os cavalos longe, para que não fossem picados, depois derrubei a árvore e a abri.

– As abelhas não picaram o senhor?

– Não, elas nunca me picam – disse Pa. – A árvore estava oca e tinha mel de cima a baixo. Devia ser um estoque de anos. Uma parte era mais velha e mais escura, mas acho que consegui mel límpido e de boa qualidade para durar um bom tempo.

Laura teve pena das pobres abelhas.

– Elas trabalharam tanto e agora não têm mais mel.

Pa disse que havia sobrado bastante mel para as abelhas e que havia outra árvore grande e oca lá perto, para a qual podiam se mudar. Ele disse que era hora de terem uma casa nova.

As abelhas iam pegar o mel velho que havia restado na árvore, transformar em mel novo e guardar em seu novo lar. Reservariam cada gota e logo teriam bastante mel de novo, muito antes que o inverno chegasse.

Colheita

Pa e tio Henry se ajudavam no trabalho. Quando o grão amadurecia nos campos, tio Henry vinha ajudar Pa, e tia Polly e todos os primos passavam o dia com elas. Depois Pa ajudava tio Henry a colher os grãos dele, e Ma levava Laura, Mary e Carrie para passar o dia com tia Polly.

Ma e tia Polly trabalhavam dentro de casa, enquanto os primos brincavam juntos no quintal, até a hora de comer. O quintal de tia Polly era ótimo para brincadeiras, porque os tocos de árvores eram grandes. Os primos brincavam de pular de um para o outro, sem pisar no chão.

Até mesmo Laura, que era a menor, fazia aquilo facilmente, onde árvores menores tinha crescido mais próximas umas das outras. Primo Charley era um menino grande, prestes a completar onze anos, e pulava de um toco para outro por todo o quintal. No caso dos menores, pulava dois por vez e ainda conseguia andar em cima da cerca, sem nenhum receio.

Pa e tio Henry ficavam no campo, cortando a aveia com uma mistura de foice e ancinho. Consistia em uma lâmina de aço afiada presa a uma estrutura de ripas de madeira que pegava e segurava as hastes depois de cortadas. Pa e tio Henry carregavam a ferramenta pelo cabo comprido e curvo e cortavam a aveia com a lâmina. Quando tinham o bastante, deixavam as hastes cortadas cair das ripas em pilhas enormes no chão.

Era um trabalho duro cobrir todo o campo sob o sol quente, usando ambas as mãos para manejar a ferramenta pesada e cortar a aveia, depois formar as pilhas.

Quando acabavam, eles tinham de dar mais uma passada pelo campo. Daquela vez, debruçavam-se sobre cada pilha e pegavam um punhado de hastes em cada mão, para amarrar uma à outra e fazer uma espécie de corda.

Em seguida, eles pegavam o restante da pilha de hastes nos braços e prendiam bem com a corda que haviam feito, dando um nó e escondendo as pontas.

Depois que haviam feito sete fardos, eles precisavam ser unidos em uma meda. Para isso, empilhavam cinco fardos, com a aveia sempre no mesmo sentido. Os outros dois iam em cima, mas suas hastes eram espalhadas para servir como uma espécie de telhado que protegeria os de baixo do orvalho e da chuva.

Cada haste cortada tinha de estar protegida na meda antes que escurecesse. Caso ficasse exposta à umidade a noite toda, acabaria estragando.

Pa e tio Henry trabalharam duro, uma vez que o ar estava tão pesado, quente e parado que esperavam chuva. A aveia estava madura; se não fosse cortada e dividida em medas antes que a chuva viesse, toda a produção seria perdida. Então os cavalos de tio Henry passariam fome durante o inverno.

Ao meio-dia, Pa e tio Henry foram rapidamente para casa, para comer o mais depressa possível. Tio Henry disse que Charley ia precisar ajudá-los durante a tarde.

Laura olhou para Pa. Em casa, ele disse a Ma que tio Henry e tia Polly mimavam Charley. Quando Pa tinha onze anos, já trabalhava o dia todo no campo, conduzindo uma parelha. Mas Charley quase não trabalhava.

Agora tio Henry dizia que o filho deveria ir para o campo. Charley ajudaria a poupar bastante tempo. Poderia ir buscar água na nascente, poderia pegar o jarro quando tivessem sede. Poderia pegar a pedra de amolar quando as lâminas perdessem o fio.

Todas as crianças olharam para Charley. Ele não queria ir para o campo. Queria ficar no quintal, brincando. Mas não disse aquilo, claro.

Pa e tio Henry nem descansaram. Comeram depressa e logo voltaram ao trabalho, acompanhados de Charley.

Agora Mary era a mais velha, e ela queria brincar tranquilamente, como uma dama. À tarde, as primas brincaram de casinha no quintal. Os tocos eram cadeiras, mesas e fogões, as folhas eram pratos, gravetos eram os filhos.

No caminho para casa naquela noite, Laura e Mary ouviram Pa contar a Ma o que havia acontecido no campo.

Em vez de ajudar Pa e tio Henry, Charley só criava problemas. Ele ficava no caminho, de modo que não conseguiam manejar a ferramenta direito. Escondia a pedra de amolar, que eles tinham de caçar quando a lâmina precisava ser afiada. Não levava o jarro de água até que tio Henry tivesse gritado três ou quatro vezes, então fazia cara feia.

Depois, começou a segui-los, falando e fazendo perguntas. Os dois trabalhavam duro demais para prestar atenção no menino, por isso o mandaram embora, para não os incomodar.

Então ouviram Charley gritar e largaram as ferramentas e saíram correndo atrás dele. A floresta envolvia o campo, e havia cobras em meio à plantação.

Quando chegaram a Charley, não havia nada de errado com ele. O menino riu e disse:

– Enganei vocês!

Pa disse que, no lugar de tio Henry, teria marcado o lombo do menino ali mesmo. Mas tio Henry não fez nada.

Eles só beberam água e voltaram ao trabalho.

Por três vezes, Charley gritou e eles acorreram o mais rápido que puderam só para encontrar o menino rindo. Ele achava aquilo engraçado. Ainda assim, tio Henry não lhe deu uma surra.

Então Charley gritou de novo, mais alto que antes. Quando Pa e tio Henry olharam para ele, estava pulando no lugar, ainda gritando. Parecia não haver nada de errado com o menino, e os dois tinham sido enganados tantas vezes que prosseguiram com o trabalho.

Charley continuou gritando, cada vez mais alto e mais estridente. Pa não disse nada. Tio Henry disse:

– Ele que grite.

Eles continuaram trabalhando e o deixaram gritar.

Charley continuou pulando no lugar, aos berros, sem parar. Até que tio Henry disse:

– Talvez haja mesmo algo de errado.

Eles deixaram as ferramentas de lado e foram até o menino, do outro lado do campo.

O tempo todo, Charley tinha ficado pulando em cima de um ninho de vespa!

As vespas viviam na terra, bem onde Charley pisara sem querer. Os pequenos insetos pretos e amarelos tinham saído e ferroado tanto Charley que ele não conseguia fugir.

Ele pulava no lugar enquanto centenas de vespas o picavam todo. Picavam seu rosto, suas mãos, seu pescoço, seu nariz, subiam pelas pernas da calça picando, desciam por seu pescoço e suas costas picando. Quanto mais ele pulava e gritava, mais elas picavam.

Pa e tio Henry o pegaram pelos braços e o levaram para longe do ninho. Tiraram as roupas dele, que estavam cheias de vespas. As picadas inchavam. Os dois mataram as vespas que ainda picavam o menino e a tiraram de suas roupas, depois voltaram a vesti-lo e o mandaram de volta para casa.

Laura, Mary e os primos estavam brincando tranquilamente no quintal quando ouviram um choro alto. Charley chegou berrando, com o rosto tão inchado que as lágrimas mal saíam de seus olhos.

Suas mãos estavam inchadas, seu pescoço estava inchado, suas bochechas estavam inchadas, grandes e duras. Seus dedos estavam rígidos e também inchados. Havia marquinhas brancas em todo o seu rosto e pescoço.

Laura, Mary e os primos só ficaram olhando para ele.

Ma e tia Polly saíram correndo de casa e perguntaram o que havia acontecido. Charley chorou e berrou. Ma viu que eram vespas. Ela se apressou a pegar uma panela de terra, enquanto tia Polly levava Charley para dentro e tirava as roupas dele.

Elas fizeram um pouco de lama e cobriram o corpo todo dele. Enrolaram-no em um lençol velho e o colocaram na cama. Os olhos de Charley estavam tão inchados que chegavam a fechar, e o formato de seu nariz estava estranho. Ma e tia Polly cobriram o rosto dele inteiro com lama e depois com panos. Só a pontinha do nariz e a boca ficaram expostos.

Tia Polly amassou algumas ervas, para tratar a febre. Laura, Mary e os primos ficaram por perto, olhando para ele.

Já estava escuro quando Pa e tio Henry voltaram do campo. Tinham feito todas as medas, de modo que, mesmo que a chuva viesse, não haveria grande prejuízo.

Pa não podia ficar para jantar, porque precisava ir para casa ordenhar as vacas. Elas já deviam estar esperando e, quando não eram ordenhadas no momento certo, não davam a mesma quantidade de leite. Ele arreou os cavalos depressa, e a família entrou na carroça.

Pa estava muito cansado. Suas mãos doíam tanto que ele não conseguia dirigir direito, mas os cavalos sabiam o caminho para casa. Ma ia sentada ao lado dele, com a bebê no colo, e Laura e Mary iam atrás. Foi então que elas o ouviram contar o que Charley havia feito.

Ficaram ambas horrorizadas. Muitas vezes se comportavam mal, só que nunca tinham imaginado que alguém poderia se comportar tão mal quanto Charley havia se comportado. Ele não tinha ajudado com a aveia. Não tinha dado atenção quando o pai falara com ele. Tinha importunado Pa e tio Henry enquanto eles trabalhavam duro.

Então Pa contou sobre o ninho de vespa e disse:

– Assim ele aprende a não mentir.

Mais tarde, quando já estava deitada na cama, Laura ficou ouvindo o barulho da chuva bater no telhado e a água escorrer pelos beirais, enquanto pensava no que Pa havia dito.

Ela pensou no que as vespas haviam feito a Charley. Também achava que era bem-feito, porque ele havia sido terrivelmente malcriado. Fora que as vespas tinham todo o direito de picá-lo, já que ele havia pulado na casa delas.

Mas Laura não entendia por que Pa havia falado em mentir. Não entendia como Charley podia ter mentido, se não havia dito uma palavra.

A máquina maravilhosa

No dia seguinte, Pa cortou a parte dos grãos de vários fardos de aveia e levou a palha amarelada e brilhante para Ma. Ela colocou tudo em uma tina de água, para amolecer. Depois se sentou em uma cadeira ao lado e ficou trançando.

Pegava um monte de palha, amarrava as extremidades e trançava. As hastes eram de diferentes tamanhos, e, quando uma chegava ao fim, ela pegava outra da tina, amarrava e voltava a trançar.

Ma deixava que a ponta caísse na água e continuava trabalhando, até ter muitos metros de trança. Por dias, durante todo o seu tempo livre, só traçava.

Ela fez uma trança fina e estreita, usando sete hastes menores. Usando nove maiores, fez uma trança mais larga, com chanfros em toda a borda. Com as maiores, fez a trança mais larga de todas.

Quando toda a palha tinha sido trançada, ela passou um fio branco bem forte pelo buraco da agulha e, começando pela ponta de uma trança, costurou e costurou, mantendo-a chata. Assim, fez uma espécie de tapetinho, que ela explicou que era a parte de cima de um chapéu.

Depois, Ma segurou bem uma beirada e costurou em volta. A trança foi subindo, compondo a lateral do chapéu. Quando estava alta o bastante, a pegada de Ma relaxou, e ela continuou costurando, agora para fazer a aba.

Quando a aba estava larga o bastante, Ma cortou a trança e costurou a ponta rapidinho, para que não pudesse se desfazer.

Ma fez chapéus para Mary e Laura com as tranças mais estreitas que havia. Para Pa e para si mesma, fez chapéus com as tranças mais largas, com chanfros. Pa usaria o dele aos domingos. Depois Ma fez outros dois chapéus para ele usar no dia a dia, com tranças mais largas e grosseiras.

Quando ela terminava um, colocava-o sobre uma tábua para secar, ajeitando-o bem antes. Depois de secos, os chapéus ficavam como ela os moldava.

Ma fazia lindos chapéus. Laura gostava de ficar vendo. Ela aprendeu a trançar a palha e fez um chapeuzinho para Charlotte.

Os dias ficavam cada vez mais curtos, e as noites, mais frescas. Uma noite, Pai Inverno apareceu, de modo que pela manhã havia cores vivas aqui e ali, em meio às folhas verdes da Grande Floresta. Até que não restava mais nenhuma folha verde. Eram todas amarelas, vermelhas, escarlates, douradas ou marrons.

Ao longo da cerca, o sumagre mantinha os cones vermelhos de bagas, acima das folhas cor de fogo. Bolotas caíam dos carvalhos, e Laura e Mary fizeram xícaras e pires com elas, para brincar de casinha. O chão da Grande Floresta estava forrado de nozes e castanhas, e esquilos corriam atarefados de um lado para o outro, fazendo seu estoque para o inverno, escondido no oco das árvores.

Laura e Mary iam colher nozes e avelãs com Ma. Elas as punham para secar ao sol, espalhadas, depois tiravam as cascas secas e guardavam o interior no sótão, para o inverno.

Era divertido colher as nozes grandes e redondas e as avelãs pequenininhas que cresciam aos montes nos arbustos. A casca externa das nozes, mais macia, ficava cheia de um sumo marrom que manchava as mãos, enquanto a casca das avelãs tinha um cheiro e um gosto bom. Laura o sentia quando usava os dentes para quebrá-la.

Estavam todos sempre ocupados, porque os produtos da horta tinham de ser colhidos e armazenados. Laura e Mary ajudavam, recolhendo as batatas sujas de terra depois que Pa as havia arrancado, puxando as cenouras compridas e amarelas e os nabos redondinhos e com a parte de cima roxa. Elas também ajudavam Ma a cozinhar abóbora e fazer tortas.

Com uma faca grande, Ma cortava as abóboras grandes e laranja no meio. Então tirava as sementes do meio e cortava cada metade em fatias compridas, depois descascava. Laura a ajudava a cortar o restante em cubos.

Ma colocava os cubos em uma panela de ferro grande, acrescentava água e depois ficava de olho na abóbora que passava o dia no fogo, cozinhando devagar. Toda a água tinha que evaporar, mas a abóbora não podia queimar.

No fim, a abóbora tinha se transformado em uma massa grossa, escura e aromática no fundo da panela. Não fervia como água, mas de repente bolhas subiam e estouravam, abrindo buracos que se fechavam rapidamente. Sempre que uma bolha estourava, soltava um cheirinho gostoso de abóbora quente.

Laura ficava de pé em uma cadeira, olhando a abóbora no lugar de Ma, e de vez em quando mexia com uma colher de pau. Ela a segurava com ambas as mãos e mexia com cuidado, porque, se a abóbora queimasse, não daria para fazer torta.

No almoço, eles comiam abóbora cozida e pão, que formavam belos montes no prato. A cor era linda, e eles alisavam e moldavam a abóbora lindamente com a faca. Ma nunca deixava que brincassem com a comida à mesa: tinham de comer direitinho tudo o que era servido, sem deixar nada no prato. Mas ela deixava que moldassem a abóbora cozida, densa e marrom, antes de comer.

Outras vezes, tinham comido abóbora-menina assada no almoço. A casca era tão dura que Ma tinha de pegar o machado de Pa para cortá-la. Os pedaços eram assados no forno até ficar macios, e Laura adorava passar manteiga na parte amarelada e mais macia, depois separar com a colher da casca e comer.

No jantar, muitas vezes comiam canjica e leite. Também era gostoso. Tão gostoso que, depois que o milho começava a ser debulhado, Laura mal aguentava esperar que ficasse pronto, o que levava dois ou três dias.

No primeiro dia, Ma tirava todas as cinzas do fogão. Depois queimava madeira de lei e guardava as cinzas em um saco de tecido.

À noite, Pa trazia espigas de milho, com grãos grandes e gordos. Ele debulhava o milho, separando os grãos menores e mais duros das pontas e despejando o restante em uma panela grande, até enchê-la.

Logo cedo no dia seguinte, Ma colocava o milho debulhado e o saco de cinzas em uma chaleira de ferro bem grande. Ela enchia a chaleira de água e a deixava ferver por bastante tempo. Os grãos começavam a inchar, e inchavam tanto que a pele se abria e começava a sair.

Quando todas as peles tinham se soltado, Ma levava a chaleira pesada lá para fora. Ela enchia uma tina de água fria da nascente e transferia o milho para lá.

Depois arregaçava as mangas do vestido florido até acima dos cotovelos e se ajoelhava no chão. Ela esfregava o milho sem parar, até que as cascas se desprendessem e flutuassem na água.

Com frequência, Ma descartava a água e voltava a encher a tina com baldes da nascente. Ela continuava esfregando o milho nas mãos e trocando a água, até que toda a casca saísse e fosse descartada.

Ma ficava bonita esfregando o milho na água limpa, com os braços à mostra, gordos e brancos, as bochechas muito vermelhas, o cabelo escuro, liso e brilhante. Ela nunca permitia que uma gota respingasse em seu belo vestido.

Quando todo o milho estava pronto, Ma passava os grãos agora brancos e macios para um jarro grande e o deixava na despensa. Assim, finalmente teriam canjica e leite para o jantar.

Às vezes, eles comiam canjica no café da manhã, com xarope de bordo. Às vezes, Ma fritava os grãos macios em gordura de porco. Laura preferia comer com leite.

O outono era muito divertido. Havia tanto trabalho a fazer, tantas coisas boas para comer, tantas coisas novas para ver. Laura parecia um esquilo, agitada da manhã à noite.

Em uma manhã gelada, uma máquina chegou pela estrada. Quatro cavalos a puxavam, e havia dois homens nela. Os cavalos a levaram até o campo onde Pa, tio Henry, vovô e o sr. Peterson tinham juntado o trigo.

Atrás vinham outros dois homens, em uma máquina menor.

Pa gritou para Ma que as debulhadoras haviam chegado, depois seguiu para o campo com uma parelha. Laura e Mary pediram permissão a Ma, depois correram atrás dele. Podiam ficar olhando, se tomassem o cuidado de não atrapalhar.

Tio Henry amarrou em uma árvore o cavalo em que havia chegado. Ele e Pa arrearam todos os outros cavalos, que eram oito, à máquina menor. Cada parelha era atrelada à extremidade de uma vara comprida que saía do meio da máquina. Uma barra comprida de ferro se estendia no chão, daquela máquina até a maior.

Depois que Laura e Mary fizeram suas perguntas, Pa explicou a elas que a máquina maior era o que chamavam de separadora, a barra de ferro era o que chamavam de barra rotativa, e a máquina menor era o que chamavam de atafona. Oito cavalos estavam sendo utilizados em seu funcionamento, de modo que se tratava de uma máquina de oito cavalos.

Havia um homem sentado na atafona. Quando estava tudo pronto, ele fez sinal para os cavalos, que se puseram em movimento. Eles o circulavam, cada parelha puxando a vara comprida a que estava preso e seguindo a parelha da frente. Conforme giravam, pisavam com cuidado sobre a barra rotativa na altura do chão, sempre em movimento.

A força dos animais fazia a barra girar, e a barra movia as engrenagens da separadora, que estava ao lado do trigo empilhado.

Todo o maquinário fazia um enorme barulho, estrondoso e clangoroso. Laura e Mary seguravam firme a mão uma da outra, nos limites do campo, enquanto observavam tudo. Nunca tinham visto uma máquina. Nunca tinham ouvido tanto ruído.

De cima da pilha de trigo, Pa e tio Henry passavam fardos para uma tábua. Ali havia um homem, que cortava a corda que segurava os fardos e colocava um por vez em um buraco na extremidade da separadora.

Parecia ser a boca da máquina, com dentes de ferro compridos. Os dentes mastigavam. Preparavam os fardos para que a separadora os engolisse. De um lado da separadora saía palha, e do outro, trigo.

Dois homens trabalhavam rápido, fazendo pilhas com a palha. Outro homem também trabalhava rápido, ensacando o grão. O trigo que saía da separadora caía em um balde medidor. Assim que enchia, o homem o substituía por um balde e virava o cheio dentro do saco. Era só o tempo de esvaziar e já trocar de novo, para que o balde não transbordasse.

Todos os homens trabalhavam tão depressa quanto possível, e a máquina acompanhava bem o ritmo. Laura e Mary estavam tão empolgadas que nem conseguiam respirar. Só ficavam olhando tudo, de mãos dadas.

Os cavalos continuavam girando. O homem na atafona estalava o chicote no ar e gritava:

– Vamos lá, John! Nem tente faltar ao dever! – O chicote estalava de novo no ar. – Cuidado aí, Billy! Calma, garoto! Não dá para ir tão rápido assim.

A separadora engolia os fardos, cuspindo uma nuvem de palha dourada, enquanto o trigo saía em um tom entre o dourado e o marrom, enquanto os homens corriam. Pa e tio Henry a alimentavam com fardos o mais rápido possível. O ar estava tomado de palhiço e poeira.

Laura e Mary ficaram vendo até não poder mais. Então correram para casa, para ajudar Ma a preparar a comida para todos aqueles homens.

Havia uma panela grande com repolho e carne fervendo no fogo, além de uma panela grande de feijão e um pão de milho assando. Laura e Mary arrumaram a mesa. Colocaram pão e manteiga, tigelas de abóbora cozida, tortas de abóbora e de frutas secas, biscoitos, queijo, mel e jarros de leite.

Então Ma trouxe as batatas cozidas, a carne com repolho, o feijão, o pão de milho e a abóbora-menina assada e serviu o chá.

Laura perguntou por que algumas pessoas chamavam o pão de milho de "bolo Johnny". Não era um bolo. Ma não sabia, mas achava que talvez os soldados do Norte chamassem assim porque no Sul, onde se davam as batalhas, comia-se muito pão de milho. Eles chamavam os soldados sulistas de Johnny e talvez chamassem o pão do Sul de bolo para tirar sarro.

Ma também já tinha ouvido chamar o pão de milho de bolo de viagem, mas não sabia o motivo. Não era um bom pão para um viajante.

Ao meio-dia, os trabalhadores se sentaram à mesa cheia de comida. Mas nem sobrou, porque eles trabalhavam duro e ficavam com muita fome.

No meio da tarde, as máquinas já tinham terminado tudo, e os homens foram embora com elas pela Grande Floresta, carregando sacos de trigo como pagamento. Iam à próxima localidade em que vizinhos haviam reunido todo o seu milho e precisavam de máquinas para debulhar.

Naquela noite, Pa pareceu muito cansado, mas também feliz. Ele disse a Ma:

– Henry, Peterson, Pa e eu teríamos precisado de semanas para debulhar tanto trigo quanto a máquina hoje. E nem chegaríamos a tantos grãos, fora a sujeira que faríamos. Essa máquina é uma grande invenção! – ele prosseguiu. – Os outros que se atenham aos velhos modos, mas eu sou a favor do progresso. Estamos vivendo uma época importante. Enquanto plantar trigo, sempre usarei uma debulhadora se houver alguma na região.

Pa se sentia cansado demais para conversar com Laura, mas ela estava orgulhosa dele. Tinha sido Pa quem havia convencido os outros homens a juntarem todo o trigo e contratarem uma máquina, e era mesmo uma máquina maravilhosa. Todo mundo ficou muito feliz com a vinda dela.

O veado na floresta

A grama estava seca e murcha. As vacas tinham que ser buscadas da floresta e levadas ao estábulo para se alimentar. As folhas lindamente coloridas de repente ficaram todas do mesmo tom sem graça de marrom, e as chuvas de outono começaram.

As meninas não brincavam mais sob as árvores, mas pelo menos Pa ficava em casa quando chovia. Ele também voltou a tocar a rabeca depois do jantar.

Então as chuvas pararam. Ficou mais frio. Pela manhã, havia uma camada de gelo espalhada sobre tudo. Os dias ficavam mais curtos, e o fogo estava sempre aceso, para manter a casa quente. O inverno não tardaria.

O sótão e o porão voltaram a se encher de coisas gostosas, e Laura e Mary começaram a trabalhar em suas colchas de retalhos. A sensação de aconchego e conforto começava a se espalhar.

Uma noite, depois de cumprir seus afazeres, Pa disse que depois do jantar ia procurar um veado. Não tinham carne fresca em casa desde a primavera, mas agora os filhotes tinham crescido, e Pa voltaria a caçar.

Pa tinha feito um lambedouro em uma clareira na floresta, cercada de árvores em que poderia se sentar e ficar olhando. Lambedouro era o nome que se dava ao lugar aonde os veados iam atrás de sal. Quando encontravam um, iam lambê-lo, o que justificava seu nome. Pa fizera um simplesmente espalhando sal no chão.

Depois do jantar, ele pegou a arma e foi para a floresta. Laura e Mary foram dormir sem ouvir histórias ou músicas.

Assim que acordaram, correram para a janela, mas não viram nenhum animal pendurado nas árvores. Pa nunca tinha saído para caçar um veado e voltado de mãos vazias. Laura e Mary não souberam o que pensar.

Ele ficou o dia todo ocupado, protegendo a casinha e o celeiro com folhas mortas e palha, mantidas no lugar por pedras, para contornar o frio. O clima foi ficando cada vez mais frio durante o dia, e à noite o fogo estava aceso, e as janelas estavam bem fechadas, com as frestas tapadas por causa do inverno.

Depois do jantar, Pa pegou Laura no colo e Mary se sentou em sua cadeirinha, perto deles. Pa disse:

– Agora vou contar a vocês por que não comemos carne fresca hoje.

"Ontem, fui até o lambedouro e subi em um carvalho bem grande. Encontrei um lugar bem confortável em um galho, de onde podia ficar observando. Eu estava perto o bastante para atirar em qualquer animal que se aproximasse. Minha arma estava carregada e a postos no meu joelho.

"Fiquei ali sentado, esperando que a lua aparecesse e iluminasse a clareira.

"Estava um pouco cansado depois de ter cortado lenha o dia todo, e devo ter caído no sono, porque de repente estava abrindo os olhos.

"A lua grande e redonda estava saindo. Eu a via por entre os galhos nus das árvores, baixa no céu. À frente dela, havia um veado, com a cabeça erguida, só ouvindo. Tinha uma galhada grande, que se ramificava. Contra a luz, ele ficava nas sombras.

"Era um tiro fácil. Mas ele era tão lindo, parecia tão forte, livre e selvagem, que não pude matar o bicho. Fiquei ali sentado, olhando para o veado, até que ele desapareceu na floresta escura.

"Então lembrei que Ma e minhas meninas esperavam que eu trouxesse carne fresca para casa. Eu me decidi a atirar da próxima vez.

"Depois de um tempo, um urso bem grande entrou na clareira. Estava bem gordo, depois de ter comido bagas, raízes e larvas o verão todo. Era quase do dobro do tamanho normal. Sua cabeça balançava de lado a lado enquanto ele avançava nas quatro patas pela clareira, até chegar a um tronco podre. O urso farejou e ficou ouvindo. Então o quebrou com a pata, farejou de novo em meio aos pedaços e se encheu de larvas brancas e gordas.

"Então ele se levantou nas patas traseiras e ficou totalmente imóvel, olhando em volta. Parecia estar desconfiado de que havia algo de errado. Estava tentando ver de onde o cheiro vinha.

"Também era um tiro fácil, mas eu estava mais interessado em ficar olhando. Com a floresta tão tranquila ao luar, esqueci a arma. Nem pensei em atirar no urso, até que ele voltou a se embrenhar na floresta.

"*Isso não vai dar certo*, pensei. *Assim não vou conseguir carne.*

"Eu me ajeitei na árvore e voltei a esperar. Daquela vez, estava determinado a atirar no primeiro animal que visse.

"A lua tinha subido no céu, e a pequena clareira estava bem iluminada, ainda que totalmente rodeada por árvores nas sombras.

"Depois de um bom tempo, uma corça e um filhote saíram delicadamente das sombras. Não pareciam temer. Foram até o ponto em que eu havia espalhado sal e começaram a lamber.

"Então ergueram a cabeça e se olharam. O filhote se colocou ao lado da mãe. Ficaram ambos ali, juntos, olhando para a floresta ao luar. Seus olhos grandes brilhavam suavemente.

"Fiquei sentado ali, olhando para eles até desaparecerem nas sombras. Então desci da árvore e vim para casa."

Laura sussurrou na orelha do pai:

– Que bom que você não atirou neles!

Mary disse:

– Podemos comer pão e manteiga.

Pa pegou Mary da cadeira e abraçou as duas filhas.

– Vocês são boas meninas – ele disse. – Agora é hora de ir para a cama. Andem, vou pegar a rabeca.

Laura e Mary logo já haviam feito suas preces e estavam aconchegadas debaixo das cobertas. Pa estava sentado à luz da lareira, com a rabeca. Ma havia apagado a lamparina, porque não precisava dela. Do outro lado da lareira, ela balançava devagar na cadeira. Acima da meia que tricotava, suas agulhas refletiam a luz.

As longas noites de inverno, com a lareira acesa e música tocando, estavam de volta.

A rabeca gemia enquanto Pa cantava:

Ó, Su-sa-na,
não chores por mim,
pois eu volto pro Alabama
pra tocar meu banjo assim.

Depois, Pa tocou a música do velho Grimes, mas não com a mesma letra de quando Ma tinha feito queijo, e sim com uma diferente. Sua voz doce e forte entoava:

> *Deve-se esquecer os antigos conhecidos*
> *e nunca mais pensar neles?*
> *Deve-se esquecer os antigos conhecidos*
> *e os tempos de outrora?*
> *E os tempos de outrora, meu amigo,*
> *e os tempos de outrora?*
> *Deve-se esquecer os antigos conhecidos*
> *e os tempos de outrora?*

Quando a rabeca parou de cantar, Laura perguntou, baixinho:
– O que são os tempos de outrora, Pa?
– São os dias de antigamente, Laura – ele respondeu. – Agora durma.
Mas Laura permaneceu acordada mais um pouco, ouvindo a rabeca de Pa tocar suavemente e o vento soprar solitário na Grande Floresta. Ela olhou para Pa, sentado no banco em frente à lareira, com o fogo reluzindo em seu cabelo e sua barba castanhos, fazendo a rabeca cor de mel cintilar. Depois ela olhou para Ma, que se balançava suavemente e tricotava.
Então pensou consigo mesma: *Esse é o agora.*
Ela ficava feliz que a casa confortável, Pa e Ma em frente à lareira e a música eram o agora. Não podiam ser esquecidos, pensou, porque o agora era agora. Nunca poderia ser muito tempo atrás.

Sobre a autora

Laura Ingalls Wilder nasceu em Pepin, Wisconsin em 7 de fevereiro de 1867, filha de Charles Ingalls e da esposa dele, Caroline.

Quando Laura ainda era um bebê, seus pais decidiram mudar-se para uma fazenda perto de Keytesville, no Missouri, e a família viveu ali por cerca de um ano. Depois mudaram-se para a pradaria ao sul de Independence, no Kansas, onde moraram por dois anos até retornarem para a Grande Floresta para morar na mesma casa que haviam deixado três anos antes.

Dessa vez a família ficou na Grande Floresta por três anos. Foi sobre estes anos que Laura escreveu em seu primeiro livro, *Uma casa na floresta (Little House in the Big Woods)*.

No inverno de 1874, quando Laura estava com sete anos, seus pais decidiram mudar-se para o oeste, para Minnesota. Encontraram uma linda fazenda perto de Walnut Grove, às margens de Plum Creek.

Os dois anos seguintes foram difíceis para os Ingalls. Enxames de gafanhotos devoraram todas as colheitas da região, e o casal não conseguiu pagar todas as suas dívidas. Decidiram então que não tinham mais condições de manter a fazenda em Plum Creek e mudaram-se para Burr Oak, em Iowa.

Depois de um ano em Iowa, a família voltou para Walnut Grove, e o pai de Laura construiu uma casa na cidade e abriu um açougue. Laura estava com dez anos e ajudava os pais trabalhando no restaurante de um hotel local, fazendo bicos de babá e outros pequenos serviços.

A família mudou-se mais uma vez, para a pequena cidade de De Smet, no Território de Dakota. Laura estava com doze anos e já tinha morado em pelo menos doze casas. Em De Smet, ela se tornou adulta e conheceu seu marido Almanzo Wilder.

Laura e Almanzo se casaram em 1885, e a filha deles, Rose, nasceu em dezembro de 1886. Na primavera de 1890, Laura e Almanzo já tinham enfrentado agruras demais para levar adiante a vida na fazenda em Dakota do Sul. A casa deles havia se incendiado em 1889, e seu segundo filho, um menino, morrera antes de completar um mês de idade.

Primeiro, Laura, Almanzo e Rose foram para o leste, para Spring Valley, em Minnesota, morar com a família de Almanzo. Cerca de um ano depois eles se mudaram para o sul da Flórida, mas Laura não gostou da Flórida e a família voltou para De Smet.

Em 1894, Laura, Almanzo e Rose saíram definitivamente de De Smet e se estabeleceram em Mansfield, no Missouri.

Com cinquenta e poucos anos, Laura começou a escrever suas memórias de infância, e, em 1932, quando estava com sessenta e cinco anos, *Uma casa na floresta* foi publicado. O sucesso foi imediato, e Laura foi convidada pelos editores a escrever outros livros sobre sua vida na fronteira.

Laura morreu em 10 de fevereiro de 1957, três dias depois de completar noventa anos, mas o interesse em seus livros continuou a crescer. Desde a primeira publicação, há tantos anos, os livros da coleção Little House foram lidos por milhões de leitores no mundo todo.